IF WE CAN BE GIFTS TO EACH OTHER

유미 호건 자전 에세이

우리가 서로에게 선물이 된다면

우리가 서로에게 선물이 된다면 :
유미 호건 자전 에세이

펴낸날 초판 1쇄 2021년 09월 30일
초판 2쇄 2021년 10월 29일
지은이 유미 호건
펴낸이 김은정
펴낸곳 봄이아트북스

출판등록 제406-251002019000142호
주소 경기도 파주시 재두루미길 70 페레그린빌딩 308호
전화 070-8800-0156
팩스 031-935-0156
ISBN 979-11-6615-631-1 (03810)

IF WE CAN BE GIFTS
TO EACH OTHER

우리가 서로에게 선물이 된다면

유미 호건 지음

미국 메릴랜드주 퍼스트레이디

유미 호건 자전 에세이

봄이아트북스

추천사

유미 호건 여사와는 메릴랜드 주지사 영부인의 자리에 오르기 훨씬 전부터 화가 동료로서 친분이 있었다. 유미 호건 여사는 늘 자상하고 온화했기에 삶의 골이 이렇게 깊은 줄 미처 알지 못했다. 메릴랜드주의 퍼스트레이디가 된 이후에도 그녀가 변함없이 남편을 지극정성으로 보필하면서 주위의 아프고 힘든 이들을 위해 헌신하고 봉사했다는 사실을 다 알지 못했다. 공인이 된 그녀를 먼 거리에서 응원하는 것이 그녀를 도와주는 일이라 생각했기 때문이기도 하지만, 그보다 수많은 일을 해내면서도 겉으로 드러내지 않는 그녀의 성품 때문이라고 해야 한다.

미국 주지사는 그 주의 최고 통치권자로서 미연방 정부의 대통령도 마음대로 그 권한을 침해할 수 없을 정도로 힘이 막강하다. 그런 주지사 자리에 그것도 민주당의 아성인 메릴랜드에서 공화당 후보로 남편이 두 번이나 당선된 과정을 그녀는 '기적'이라고 말한다. 그 기적의 이면엔 단순한 내조가 아닌 그녀의 불굴한 강인함과 모든 사람을 포용하는 자애로움이 있었음을 이 자서전은 조용하면서도 힘차게 대변한다.

그녀가 전라도에서 옮겨다 심어 놓은 주지사 관저 뜰의 동백꽃처럼 그녀는 고난의 설경 속에서 피어난 한 송이 붉은 꽃이다.

문범강 (BG Muhn, 화가/미국 조지타운 대학교 미술과 교수)

주미 대사로 근무하던 시절 유미 호건 여사를 만날 기회가 자주 있었습니다. 그때마다 이웃, 특히 어려운 이웃에 대한 사랑과 그들을 돕기 위하여 노력하는 헌신의 모습이 매우 인상적이었습니다. 유미 호건 여사와 래리 호건 주지사의 이러한 노력이 메릴랜드주를 넘어 한미 관계 발전에도 크게 기여해 온 것에 깊은 존경과 감사의 인사를 드리며, 더 큰 성취를 이루시기를 기원합니다.

안호영 (북한 대학원 대학교 총장, 전 주미합중국 대한민국 대사)

꿈을 가진 인생은 아름답습니다. 유미 호건 여사는 스무 살 나이에 미국으로 온 후 이민자로서, 예술가로서 인생의 항로를 개척해 왔습니다. 그리고 지금은 한인으로서는 최초의 미국 주 정부의 퍼스트레이디이십니다. 제가 주미합중국 대한민국 대사로서 유미 호건 여사와 인연을 맺어 오며 느낀 가슴 뭉클한 감격의 이야기를 다른 이들도 이 자전 에세이를 통해 만날 것입니다. 특히, 한인으로서의 당당한 자부심이 묻어나는 유미 호건 여사의 이야기는 오늘날 우리 젊은이들에게 귀한 선물이 될 것입니다.

이수혁 (주미합중국 대한민국 대사)

이 책은 메릴랜드주 최초의 한인 퍼스트레이디로 한국과 미국 간 문화 홍보 대사의 역할을 충실히 수행해 온 유미 호건의 스토리이다. 그녀는 남편 래리 호건이 주지사로서의 뜻을 채 펼치기도 전에 암 진단을 받자 믿음과 의지로 남편을 간호하여 끝내 완치시켰으며, 코로나 팬데믹 상황에서 한국으로부터 진단 키트 50만 개를 메릴랜드주로 들여오는 데 결정적인 역할을 하기도 했다. 또한, 그녀는 미국 내에서 한인은 물론 아시아인의 권익 신장을 위해 활발한 활동을 펼치고 있으며, 미술 작가로서 소아 환자, 암 환자를 위한 미술 치료 프로그램 '유미 케어스'를 운영하여 한국인의 위상을 높이고 있다.

유미 호건은 싱글맘으로 세 딸을 남부럽지 않게 키워내는 동시에 배움의 끈을 놓지 않고 미술 작가와 대학 강사로 자신의 꿈을 이루었다. 불가능을 가능으로 이끈 그녀의 삶은 현시대를 살아가는 젊은이들에게 하나의 도전이 될 것이다.

김홍자 (명예 교수, 미국 몽고메리 대학 금속공예 미술)

미국 메릴랜드주 퍼스트레이디 유미 호건 여사가 걸어온 길은 우리 한인 이민자의 삶을 잘 드러내고 있다. 그녀가 이국땅에서 세 딸을 데리고 억척스럽게 살아남아 래리 호건 주지사를 만난 과정은 이민자들과 약자들의 아픔을 보듬는 지금의 자리에 오기 위한 길고도 험난했던 연단의 과정이었다. 긍정적으로, 누구보다 열심히 운명을 헤쳐왔기에 그녀의 말 한마디 행동 하나하나에 의미가 실리고 힘이 보태지는 것은 아닐는지. 미국 주지사의 아내로서 역할을 다하면서도 '한국 사위'의 부인으로 대한민국을 아끼고 사랑하는 그녀의 마음이 감동으로 남는다.

김미화 (MC, 개그맨, 안산문화재단 대표이사)

메릴랜드에 사는 우리에게 주지사 관저에 예술가가 있다는 것은 큰 행운이다. 우리는 이 자전 에세이를 통해 퍼스트레이디 유미 호건 여사가 래리 호건 주지사 못지않게 중요한 인물임을 알 수 있다. 모든 이들을 포용하는 다양성을 자랑하는 메릴랜드에 그녀는 독자적으로 크게 기여해 왔다. 또한,

천생연분의 유미와 래리 부부는 사려 깊고 창의적이며 열린 방식으로 메릴랜드의 사회적, 경제적, 정치적 문제들을 해결하고 코로나19 팬데믹을 헤쳐나갔다. 유미와 래리는 서로에게 진정한 선물이고, 이 두 사람은 우리 모두에게 귀중한 선물이다.

나는 자신의 인생을 돌아보며 통찰하는 그녀의 삶에 큰 감명을 받았다. 그녀는 역경과 편견에 맞서는 가운데, 그녀의 가족과 꿈으로부터 힘을 얻어 가장 어려웠던 시기를 견뎌 냈다. 우리의 눈을 사로잡는 그녀에 관한 이 자전 에세이에는 래리 호건과 함께 삶과 일 속에서 이뤄낸 업적과 결실들이 잘 묘사되어 있다. 그들의 앞에는 더 밝은 미래가 기다리고 있을 것이다.

잭 라스무센 (Jack Rasmussen, 아메리칸 대학 캇젠 예술 센터장 & 큐레이터,
전 메릴랜드예술위원회 의장)

프롤로그

한국이 메릴랜드에 보내준 선물

"한국이 메릴랜드에 저의 아내 유미 호건을 선물로 주셨습니다."

미국 메릴랜드주 래리 호건 주지사는 이렇게 말했다. 그러나 유미 호건은 오히려 "신이 메릴랜드를 저에게 선물로 주셨습니다."라고 말한다.

메릴랜드주의 퍼스트레이디 유미 호건은 전남 나주 출신으로 스무 살 어린 나이에 꿈을 이루기 위해 미국 이민을 결정하고, 미국 텍사스와 캘리포니아를 거쳐 메릴랜드에 정착했다. 미국 이민 후 첫 남편과의 이혼으로 싱글맘이 되었지만, 온갖 어려움 속에서도 그녀는 세 딸을 훌륭하게 키워냈을 뿐 아니라 평생의 꿈이었던 미술 작가가 되었다.

그녀는 동료 작가들과의 그룹전에서 우연히 래리 호건을 만나 3년 교제 끝에 재혼했다. 그 후 남편 래리 호건은 메릴랜드 주지사에 당선되었고, 유미 호건은 미국 역사상 최초의 한인 퍼스트레이디가 되었다. 그녀는 주지사인 남편을 도와 사회적 약자들을 돕는 일에 앞장섰고, 특별히 코로나19 팬데믹 때는 모국인 한국으로부터 진단 키트 50만 개를 수입할 수 있도록 조처해서 세계를 놀라게 했다. 이에 미국 주 정부 가운데 메릴랜드가 가장 신속하게 방역 활동을 전개할 수 있었다.

유미 호건은 미국 차기 대통령 후보로까지 부상하고 있는 래리 호건 주지사를 내조하면서 메릴랜드주는 물론 미국 사회 전역에 한국에 대한 긍정적 이미지를 심고 있다. 그녀는 미국 이민, 이혼 그리고 싱글맘으로 녹록하지 않았던 상황에서도 세 딸을 훌륭한 사회인으로 키웠고, 자신의 꿈을 이루었다. 이후 메릴랜드주 퍼스트레이디가 된 유미 호건의 인생 이야기는 많은 이들에게 도전과 희망의 메시지로 회자되고 있다.

그녀에게 매료되어 청혼한 래리 호건은 미국 동부의 명문가 출신 사업가였다. 호건 부부는 메릴랜드주의 변화와 혁신을 위해 뜻을 함께하고 주지사 선거에 뛰어들어 민주당 텃밭에서 공화당 간판으로 주지사에 당선되었다. 그리고 그들은 소수 인종, 노숙자 등 사회적 약자를 배려하는 정책으로 주민들의 적극적인 지지를 얻었다.

래리 호건은 주지사 당선 이후 혈액암의 일종인 림프종 말기 판정을 받았다. 그러나 유미 호건의 지극한 간호로 결국은 암 투병에서 승리하고 완벽하게 재기에 성공했다. 메릴랜드 주민들은 주지사를 응원하기 위해 옥수수밭에 호건의 얼굴과 '호건 스트롱(Hogan Strong)'이라는 글귀를 새겨 희망의 상징으로 삼았다. 이후 '호건 스트롱'은 '정의와 선한 의지'의 대명사가 되었고, 래리 호건은 마침내 미국 50개 주지사연합회 회장이 되었다.

코로나19 팬데믹이 미국에 빠르게 확산되고 있을 때, 래리 호건은 메릴랜드주에서 독자적으로 한국산 진단 키트 50만 개를 수입해 다른 주보다 신속하게 방역 활동을 펼쳐 미국 동부에서 가장 안전한 지역을 만들었다. 이 방역 활동으로 트럼프의 백악관과 충돌하면서 래리 호건의 명성은 더 높아졌고, 차기 미국 대통령 후보로까지 떠올랐다. 유미 호건이 세계인의 이목을 끈 때가 바로 이때였다. 그녀가 메릴랜드의 진단 키트 수입 작전명 '지속되는 우정'을 지휘한 실질적인 사령관이었기 때문이다. 또한, 유미 호건은 퍼스트레이디로서 모국 한국과 메릴랜드의 유대를 강화하고 바이오산업, 교육, 특산물 등의 교류를 적극적으로 추진했다.

유미 호건은 신데렐라 같은 동화 속 주인공이 아니라 최악의 상황에서도 절대 포기하지 않고 노력하여 기어이 성공 드라마를 이루어낸 실화의 주인공이다. 한국의 시골 양계장 집 막내딸로 태어나 메릴랜드주의 퍼스트레이디가 되기까지 그녀가 겪은 온갖 시련과 그것을 꿋꿋하게 헤쳐온 그녀의 삶은 이 땅의 수많은 젊은이와 녹록하지 않은 삶을 사는 모든 이에게 감동을 넘어 크나큰 도전이 될 것이다.

목차

4부 억척 아줌마에서 메릴랜드의 엄마로

5부 우리는 서로에게 선물입니다

우리가 서로에게 선물이 된다면

IF WE CAN BE GIFTS TO EACH OTHER

Intro

최초의 한인 퍼스트레이디

승리의 순간

2014년 11월 4일 저녁은 '기적의 밤'으로 기억된다. 모두의 예상을 깨고 남편 래리가 62번째 메릴랜드 주지사에 당선된 것이다. 아나폴리스 호텔에서 텔레비전으로 개표 결과를 지켜보던 남편과 나, 부지사 후보 부부는 자리에서 일어나 환호성을 질렀다.

"우리가 이겼다!"

남편은 당선 소감을 위해 연단에 올라야 했지만, 그에 앞서 나의 제의로 우리 부부와 부지사 후보 부부는 함께 손을 잡고 감사의 기도를 드렸다. 그때만큼은 막히지 않고 술술 영어로 기도가 나왔다. 기도를 마친 남편은 호텔 방을 나서 리셉션장으로 향했다. 수백 명의 유권자가 남편을 기다리고 있었다. 남편은 유권자에게 감사를 표하는 동시에 당선의 공로를 나에게 돌렸다. 그의 연설은 미국 전역에 생중계되었다.

당선 후 마주한 삶의 변화

주지사 당선 후 많은 것들이 변했지만 가장 큰 변화는 경호원들에 둘러싸여 살아가게 됐다는 사실이다. 주지사에 당선된 그날 저녁부터 주 경찰인 경호원들이 교대 근무를 서면서 하루 24시간 우리의 신변을 보호했다. 당선일로부터 주지사 관저로 이사하기 전 두 달하고 3주 동안 우리 부부의 보금자리인 에지워터(Edgewater) 자택에도 경호원들이 배치되어 그림자처럼 우리를 지켰다.

우리 부부는 취임식 바로 전날인 2015년 1월 20일에 관저로 이사했다. 한꺼번에 짐을 옮기지 못해 급하고 중요한 것들을 먼저 옮겼다. 관저에 가장 먼저 들인 살림살이 1호는 우리 집 주방에 있던 '김치냉장고'였다. 새로 장만할까 하다가 쓰던 게 멀쩡해서 그냥 가지고 갔다. 남편은 한인들에게 주지사에 당선되면 관저에 김치냉장고부터 들이겠노라 말해왔는데 말이 현실이 됐다. 미국 50개 주 가운데 김치냉장고가 들어와 있는 관저는 메릴랜드가 유일하다.

함박눈의 축복이 함께하다

2015년 1월 21일, 유서 깊은 메릴랜드주 청사에서 주지사 취임식이 거행되었다. 취임식 날 메릴랜드의 주도인 아나폴리스에는 새하얀 함박눈이 내렸다. 하늘의 축복이 임하는 듯한 광경이었다.

기적이 현실이 된 것이다. 블루 스테이트(Blue State : 미국의 민주당 지지 주 상징, Red State : 미국의 공화당 지지 주 상징)라고 불릴 만큼 전통적인 민주당 강세 지역에서 남편은 공화당원으로서 극적인 승리를 거머쥐었다.

그리고 나는 한인 이민 역사 112년 만에
최초의 한인 퍼스트레이디가 되었다.

당선 다음 날, 미국과 한국으로부터 셀 수 없을 정도로 많은 축하 메시지가 날아들었다. 텔레비전 방송, 신문 등 각종 미디어에서도 인터뷰 요청이 쇄도했다. 하루하루 수많은 사람을 상대하고 새로운 일을 하면서 나는 메릴랜드주의 퍼스트레이디로서 나의 책임이 막중하다는 것을 깨달았다.

취임식 날,《워싱턴 포스트》는 남편의 첫 취임식을 대대적으로 보도하면서 민주당 텃밭에서의 진귀한 승리라고 추어올리는 한편, '혁신적인 주지사 일가'로 우리를 소개했다. 공화당 주지사와 한국 태생의 주 영부인으로 이루어진 주지사 일가 그 자체가 메릴랜드가 지닌 다양성을 보여준다는 것이다. 퍼스트패밀리가 사람들 눈에 어떻게 보이는지 실감하는 순간이었다. 우리 가족이 메릴랜드를 대표하는 만큼 모범이 되어야 한다는 묵직한 책임감이 어깨를 눌렀다.

취임식에 들어가기 전, 주 청사 상원 의원 의회당에서 선서식이 있었다. 우리 가족은 메리 엘렌 바바라 메릴랜드 상소 법원 수석 판사 앞에 일렬로 섰다. 내가 성경책을 들고 남편이 그 위에 손을 얹고 선서했다.

취임식장에서 우리 가족을 안내한 사람은 메릴랜드 주 방위군 여단장이었던 린다 싱 박사였다. 그녀는 취임식 직전에 승진했는데, 당일에 육군 준장으로서 주지사 가족을 안내하는 임무를 맡았다. 그게 그녀의 첫 임무였다. 훗날 남편은 싱 박사를 메릴랜드 주 방위군 최초 여성 사령관으로 임명했다.

취임식에서 축하 연설을 맡은 이는 뉴저지 주지사 크리스 크리스티였다. 선거 기간 동안 우리를 위해 그 누구보다 열심히 발 벗고 나서 준 이였다.

드디어 남편의 차례였다. 그가 취임 연설을 위해 연단에 올랐을 때 때맞춰 하얀 눈이 펑펑 쏟아졌다.

나는 남편의 연설에 귀를 기울이면서 하얀 눈송이들에 눈길을 주었다.
너무나도 아름다운 광경이었다.

취임식 날, 첫째 딸 킴의 품에는 두 살 된 대니엘라가 안겨 있었다. 그사이 훌쩍 자란 대니엘라는 4년 후에 열린 남편의 두 번째 취임식에서 직접 '국기에 대한 맹세'를 했다.

그날 밤, 볼티모어 컨벤션 센터에서 취임 축하 갈라 파티가 개최되었다. 그간 우리 부부를 응원하고 도와준 메릴랜드 미대와 아메리칸 대학교의 동료들, 교수님들 그리고 가족들이 참석했다. 그밖에 선거 캠페인을 도와준 많은 분이 참석했다. 심지어 메릴랜드 의회 민주당 리더들도 참석해 기쁨을 나눴다. 사람들이 너무 많아 앞으로 걸어 나갈 수 없을 정도였고, 그 인파 속에서 우리를 경호하느라 메릴랜드 주 경찰 경호원들이 땀을 뻘뻘 흘렸다.

우리 가족 모두가 행복하고 흥분되고 즐거운 시간을 보냈지만 누구보다 기뻐했던 사람은 시아버지였다. 시아버지 로렌스 호건(1928~2017)은 연방 하원 의원을 역임하신 분으로 어려서 당신의 선거 캠페인을 도우며 의원 사무실에서 근무했던 아들이 늠름하게 성장하여 주지사에 당선된 것을 매우 자랑스러워하셨다.

우리가 서로에게 선물이 된다면

IF WE CAN BE GIFTS TO EACH OTHER

1부

아메리칸드림

전남 나주
팔 남매 중 막내
'박유미'

나의 어린 시절

나의 이름은 박유미. 전남 나주 공산면에서 팔 남매 가운데 막내로 태어났다. 부모님은 자식들 교육에 매우 엄격하셨고 부지런하기 이를 데 없는 분들이었다. 집에서 늦잠은 생각조차 할 수 없었다. 조금이라도 이부자리에서 미적거리면 부모님은 용서 없이 이불을 걷어 가 버렸다. 지금 생각하면 일곱 살, 늦잠을 자도 괜찮을 나이인데 좀 놔두어도 되지 않았을까 싶지만 그럴 만한 이유가 있었다.

여느 집과 마찬가지로 우리 식구도 한자리에 모여 아침 식사를 했다. 나는 막내라 부모님 곁에서 잤기 때문에 안방에 밥상을 차리려면 먼저 이불을 개고 청소를 해야 했다. 당연히 늦잠을 허락할 수 없었을 것이다.

어머니, 큰올케 그리고 언니들은 아침마다 세 개의 밥상을 준비했다. 집안 큰 어른인 할머니와 아버지가 한 상, 오빠들과 어머니가 한 상 그리고 나머지 딸들이 한 상, 이렇게 세 개의 상을 차려서 온 식구가 옹기종기 모여 앉아 먹었다.

아침상이 차려지는 동안 아버지는 화롯불에 김을 구웠다. 김은 지금은 흔한 식품이지만 당시만 해도 매우 귀한 반찬이었다. 그래도 내 고향 나주는 바다가 가까워 종종 김 맛을 볼 수 있었다. 김만 있어도 밥 한 그릇이 뚝딱이었다.

반대로 지금 갈치는 한국에서 꽤 비싼 생선으로 인식되지만, 당시만 해도 서해에서 잘 잡히는 어종이라 비교적 저렴한 가격에 살 수 있었다. 큰올케는 어머니가 텃밭에서 기른 호박을 큼지막하게 썰어 넣은 갈치조림을 자주 해주었다. 지금도 눈을 감으면 얼큰한 국물이 깊숙이 배어든 갈치와 뭉근하게 익은 호박이 떠오르고, 그 행복한 기억이 나를 위로한다. 딱 한 번만 더 그 갈치조림을 먹어 봤으면…….

내 고향 나주는 영산강이 가로지르는 나주평야에 터를 잡고 있어서 몸만 부지런하면 배를 곯을 일이 없었다. 집 근처로 도랑이 흘렀는데 여름철이면 나는 오빠들을 따라 우렁이를 잡으러 다녔다. 우렁이는 깨끗한 물에서 서식하는 연체동물로 쫄깃한 식감이 일품이다. 두어 시간 잡으면 소쿠리에 우렁이가 가득 찼다. 어머니와 큰올케는 그것으로 시원한 우렁된장찌개를 끓여 주셨다.

큰오빠와 막내인 나는 스무 살도 넘게 터울이 졌다. 큰오빠와 올케 사이에서 태어난 조카와 내가 한 살 반밖에 차이가 나지 않았으니 우리 둘은 한집에 살면서 자매처럼 성장했다. 덕분에 큰올케는 내 기저귀 빨래까지 도맡아야 했다. 나중에 나는 우리 가족 중 큰오빠와 큰올케를 가장 먼저 미국으로 초청해 그 은혜에 조금이나마 보답할 수 있었다.

조카와 나는 대식구들 사이에서 온갖 귀여움을 독차지하며 자랐는데 또래다 보니 싸우기도 많이 싸웠다. 지금은 나이가 들어 둘 다 할머니가 되었다. 어쩌다 한국에 가면 조카 찬희는 깍듯이 나에게 고모 대접을 해준다.

자신을 낳아준 친어머니도 몰라라 하는 세상에 아버지는 당신의 작은할머니를 정성껏 봉양했다. 작은할머니는 작은할아버지가 세상을 떠나신 후 다 쓰러져 가는 오두막에서 혼자 사셨는데, 보다 못한 아버지가 집으로 모시고 왔다. 나에게는 종조할머니가 되는 셈이다.

할머니는 안방 뒤에 있는 작은 골방에 기거하셨는데 가까이 가면 독한 지린내가 코를 찔렀다. 연세가 많다 보니 할머니는 종종 옷이나 이불에 실수를 했던 것 같다. 할머니는 늘 긴 담뱃대를 물고 방 안에 오도카니 앉아 있었다. 그러나 냄새 때문에 다들 할머니 곁에 가려 하지 않았다.

나는 종종 할머니를 찾아가 이야기도 들어 드리고 요강도 비워 드렸다. 우리 집에는 펌프 수돗가가 있었고 바로 옆에 도랑이 있어서 요강을 비운 후 바로바로 물에 헹구기 좋았다.

할머니 따님이신 평리 고모님이 가끔 우리 집에 다녀가셨다. 고모님은 올 때마다 내가 할머니 시중을 드는 것을 보고 듬뿍 칭찬해 주었다.

"유미가 착하구나. 이렇게 할머니를 정성껏 돌봐 드리고 말이야."

그런데 내가 중학교에 들어갈 때 할머니께서 돌아가셨다. 어린 나이였지만 그로 인해 희미하게 죽음이란 것을 알게 되었고, 죽음에 대한 두려움을 품게 되었다. 빈 골방을 볼 때마다 할머니 생각이 났고, 좀 더 잘해 드릴걸 하는 후회의 마음이 들었다.

부유하지는 않았지만, 우리 집은 동네에서 규모가 큰 축에 속했다. 커다란 마당을 중심으로 네 개의 방과 부엌, 긴 마루, 외양간이 자리 잡고 있었다. 마루에 올라서려면 흙마루(토방, 흙으로 땅을 돋워 만든 발 디딤대)를 거쳐야 했다. 나는 가장 큰 방인 안방에서 어머니, 아버지, 나이 어린 언니 오빠들과 함께 잤다. 전기도 없고 연탄도 없는 시골이어서 아궁이에 장작불을 때서 난방도 하고 밥도 지어 먹었다. 아궁이와 가장 가까운 쪽이 아랫목이었다.

밤이 되면 서너 채의 이불이 안방 가득 깔렸는데 막내였던 나는 아랫목 가장 좋은 자리에서 어머니 품에 안겨 잤다. 아궁이에 불을 지펴 놓고 온 가족이 밤새 서로의 온기를 느끼며 따뜻하게 잘 수 있었다.

문제는 화장실이었다. 화장실을 측간 혹은 변소라고 했는데 헛간 옆에 있어서 마당을 가로질러 가야만 했다. 변소를 헛간 옆에 짓는 것은 헛간에 보관한 퇴비에 변을 섞어 거름을 만들어야 하기 때문이었다. 나는 어둡고 외진 곳에 자리 잡은 변소가 싫었다. 변소와 관련된 귀신 이야기는 왜 이렇게 많은지…….

"빨간 종이 줄까, 파란 종이 줄까?"

변소 아래서 하얀 손이 올라올 것 같았고, 등 뒤에서 누가 툭 칠 것 같았다. 자다가 오줌이 마려우면 요강을 사용했지만, 대변을 보려면 결국 변소로 가야만 했다. 그럴 때는 할 수 없이 언니들을 깨워서 같이 가곤 했다.

변소 문제가 해결된 것은 큰오빠가 새 곳간을 지으면서부터였다. 큰오빠는 살림채와 가까운 곳에 커다란 곳간을 신축하고 그와 동시에 변소를 이전했다. 비록 수세식이 아닌 재래식 변소였지만 학교 화장실처럼 시멘트로 깔끔하게 마감되어 있었고 잠금장치까지 달려 있었다. 우리 마을에서 그 정도의 화장실이 있던 집은 우리 집뿐이었다. 손재주가 뛰어난 큰오빠 덕분에 화장실로 인한 불편은 어느 정도 해소된 셈이었다.

나의 고향

당시만 해도 우리 마을에는 버스가 다니지 않아서 학교에 가려면 매일 십 리 길을 왕복으로 걸어야 했다. 요즘 한국에서는 건강을 위해 만 보 걷기가 유행이라고 하는데 그때의 시골 아이들은 이만 보 정도는 매일 걸었다.

등하굣길에 만났던 아름다운 내 고향은 푸른 산과 풍요로운 들판이 가득했다. 길가에 흐드러지게 피어 있던 진달래꽃, 아카시아, 개망초, 나리꽃 그리고 가을의 울긋불긋한 단풍은 나의 길동무가 되어 주었다.

나주평야를 기반으로 삶을 꾸렸던 탓에 우리 집은 대대로 농사를 지었다. 풍족하지는 않아도 적지 않은 논밭을 지니고 있어 끼니 걱정 없이 살았다. 큰올케와 언니들은 밥을 짓고 나면 누룽지를 박박 긁어서 우리에게 간식으로 주었다. 당시만 해도 장자를 으뜸으로 여길 때라 딸들은 못 먹고 크는 경우가 많았는데 우리 어머니는 딸이나 아들이나 차별 없이 먹이셨다.

손재주가 많았던 큰오빠는 군대를 다녀오자마자 직접 여러 채의 닭장을 지었다. 소위 말하는 양계업을 시작한 것이다. 그렇게 농사를 천직으로 알고 살던 마을에 최초로 '양계'가 도입되었고, 이웃들도 하나둘 양계장을 차리기 시작했다. 현재 대단위 양계 단지가 형성될 정도로 닭 키우기는 마을을 대표하는 사업으로 성장했다. 지금은 큰오빠의 막내아들이 서울서 대학을 졸업하고 내려와 양계업의 대를 잇고 있다.

나는 우리 집이 양계장을 시작한 게 신이 났다. 금이 가거나 깨진 달걀이 우리 가족의 훌륭한 간식거리가 되어 주었기 때문이다. 그 때만 해도 달걀은 귀한 식품이어서 부잣집 아니면 '달걀부침' 맛을 본다는 게 쉬운 일이 아니었다.

막내로 태어나 온갖 귀여움을 다 받고 풍족한 환경에서 구김살 없이 크다 보니 나는 겁이 없고 당돌한 편이었다. 우리와 함께 살던 종조할머니 친정은 문씨 집안이었다. 몇 살 때였는지 정확히 기억나지 않지만 아마 학교에 들어가기 전이었을 것이다. 하루는 할머니 친정이 있는 곳까지 혼자 찾아가서 그 동네 아이들과 놀았다. 듣기만 했지 전혀 가보지 않았던 길을 그것도 이십 리 길을 어린 나이에 혼자 처음으로 걸어간 것이다.

훗날 내가 이역만리 타향인 미국으로 이민을 단행할 수 있었던 것도
어쩌면 이 같은 모험심을 타고났기 때문인지도 모른다.

어느 날은 성란 언니 친구인 길선님 언니 집에 놀러 갔다. 성란 언니는 신북면 송암리에 살았던 아버지 둘째 여동생(고모)의 딸이었다. 하물며 성란 언니도 아닌 언니의 친구, 잘 알지 못하고 낯선 길선님 언니 집까지 찾아가 어려운 줄도 모르고 먹고, 놀고, 자기도 했다. 그날 나는 길선님 언니 부모님과 가족들이 있는 데서 큰언니 자랑을 늘어놓았다.

"우리 큰언니는 정말 예쁘고, 키도 크고, 착하고, 노래도 잘해요."

그것을 그 집 부모가 주의 깊게 들었는지 나중에 고모에게 중신

이 들어왔다고 한다. 그 뒤에 큰언니는 진짜 길씨 집안의 큰며느리가 되었다. 큰언니는 여태 그 동네서 자리 잡고 산다. 나도 모르는 사이에 내가 큰언니의 중매를 서게 된 것이다.

나는 길에서 동네 어른들을 만나면 허리 굽혀 큰 소리로 인사를 잘하는 아이였다. 어른들은 "뉘 집 딸이 이렇게 인사를 잘할까?" 하며 기특하다고 칭찬해 주었다. 그러자 이후 점점 더 인사를 잘하게 되었다. 철이 들면서 부끄러움이란 것을 배웠지만 어릴 때는 그야말로 겁도 없고 어려운 것도 없는 천진난만한 아이였다.

고향을 떠올리면 행복한 추억이 방울방울 샘솟는다. 이웃집이나 장터에 볼일이 있을 때, 우리 식구들은 큰길로 가지 않고 집 뒤 대나무밭을 가로지르는 샛길로 빠져나갔다. 그러면 시간을 단축할 수 있었다. 이 샛길을 우리 가족들은 '개구멍'이라고 불렀다.

추운 겨울에 오들오들 떨면서 펌프식 수돗가에서 목욕하던 일, 학독(돌절구)에 빨간 고추를 찧어 풋배추에 버무려 먹던 일, 비 오는 날 지나가던 차가 튀긴 흙탕물에 교복을 버린 일, 언니들을 따라서 봄나물을 캐러 다니던 일, 그러다가 바구니 곁으로 뱀이 나타나서 놀라 도망치던 기억. 꿈에서조차 그리워하는 내 고향의 아름다운 기억들이다.

내 꿈은 미술 선생님

나는 그림 그리는 것을 좋아했다. 당연히 과목 중에 미술이 가장 좋았다. 미술 시간이면 내 것을 다 그린 후 친구들이 그림 그리는 것을 도와주곤 했다.

도화지 한가운데 사람 하나만 달랑 그려 놓고 다 그렸다고 하는 친구에게 "빈 곳이 많은데 조금 더 그려 보면 어떨까?" 하면서 마치 선생님처럼 말했더니 한번 그려 보라고 했다. 그래서 여백 없이 꼼꼼하게 그림을 그려 주었더니 친구가 너무 잘 그렸다고 감탄했다.

"와, 화가가 그린 것 같아!"

나의 우상은 중학교 때 미술 선생님인 오상암 선생님이었다. 오상암 선생님은 큰오빠 친구이기도 했는데 늘 자상한 미소로 미술을 지도해 주셨다. 하루는 우리 마을의 산과 들을 수채화로 그렸더니 선생님이 크게 칭찬해 주셨다.

"유미는 미술에 소질이 있구나. 미술 대학에 진학해 그림을 계속 그렸으면 좋겠다."

오상암 선생님은 일찍이 나의 재능을 일깨워 주고 내게 꿈을 심어주신 분이다.

내 궁극의 꿈은 오상암 선생님 같은 훌륭한 미술 교사가 되는 것이었다.
훗날 나는 그 꿈을 미국이라는 나라에서 이루게 된다.

무서운 큰오빠

내가 초등학교 4학년에 막 올라갔을 때 우리 집에 큰 슬픔이 닥쳤다. 아버지가 돌아가셨다. 우리 가족이 맞은 첫 번째 죽음이었다.

가장의 자리가 비었으므로 큰오빠가 아버지 역할을 대신하게 되었다. 아버지는 성정이 자상하셔서 한 번도 내게 화를 내신 적이 없다. 하지만 큰오빠는 달랐다. 큰오빠는 작은 일에도 불같이 화를 냈고, 나의 모든 자유를 구속했다.

학교에서도 자유가 없기는 마찬가지였다. 미술 선생님도 오빠 친구, 체육 선생님도 오빠 친구, 지도부 선생님도 오빠 친구였다. 까딱 잘못했다간 큰오빠 귀에 무슨 소리가 들어갈지 몰랐다. 나는 늘 조마조마한 마음으로 학교에 다녔다.

중학교 때 일이었다. 마을이 작다 보니 우리 학교는 학생 수도 적었는데 남자 반이 두 반, 여자 반이 한 반이었다. 한 학교라고 해도 반이 달랐기에 남학생과 마주칠 일이 거의 없었다. 대신 쉬는 시간이면 남학생들이 유리창 밖으로 얼굴을 내밀고 소리를 지르곤 했다.

하루는 짝꿍이 내게 편지 봉투를 내밀었다.

"어떤 남자애가 너 갖다 주래."

같은 학교 남학생이 보낸 편지였다. 나는 편지를 눈으로 쓱 훑은 뒤 가방에 그냥 넣어 버렸다. 특별한 용건은 없고 그냥 '네가 마음에 든다, 친하게 지내자.'라는 내용이 적혀 있었다.

그런데 다음 날 큰오빠가 갑자기 나에게 가방을 열어보라고 했다. 내가 아무 말도 못 하고 우두커니 서 있자 오빠가 다짜고짜 가방을 빼앗았다. 그러더니 가방을 뒤져 편지를 찾아냈다. 그날 저녁 식사 시간에 큰 오빠는 온 식구가 있는 자리에서 내게 창피를 주었다.

"얘가 하라는 공부는 안 하고 연애질만 한다."

연애한 적도 없고 남자를 만난 적도 없었지만 나는 아무 변명도 못 한 채 고개만 푹 숙이고 있었다. 그 후 남학생들로부터 몇 번 더 편지를 받았지만, 오빠가 볼까 봐 바로 불에 태워 버렸다.

그때는 왜 그렇게 죄인처럼 살았는지, 죄를 지은 것도 아닌데 말이다. 순진했던 그 시절의 나를 떠올리면 절로 미소가 지어진다. 그 시절 학교 친구 중 몇몇과는 아직도 연락하며 지낸다.

미국 이민
결혼과 이혼

아메리칸드림을 안고 미국으로 왔다.
어릴 적부터 미술을 좋아했고 언젠가는 오상암 선생님처럼 되고 싶었다.
그림을 그리는 작가가 되고 싶었지만
집안 형편이 좋지 않았기에 내 꿈은 멀게만 느껴졌다.
더 나은 곳에서 미술 공부도 하고 대학교도 가고 싶어 미국 이민을 결정했다.

열아홉에 들어온 결혼 제의

고등학교 2학년까지 4년이 넘는 세월 동안 친어머니 같으신 수유리 어머니 댁에서 신세를 졌다. 수유리 어머니 슬하에는 큰오빠 조성대, 내 또래인 둘째 조성봉 그리고 셋째 아들 조성호가 있었다. 딸이 없었던 수유리 어머니는 나를 친딸처럼 살뜰하게 챙겨주셨다. 수유리 어머니는 지금 이 땅에 안 계시다. 몇 해 전 하나님 곁으로 가셨다.

고등학교 3학년이 되면서 둘째 오빠가 미아리로 이사를 왔다. 나는 자연스럽게 오빠네 집으로 거처를 옮겼다.

고등학교 졸업 후, 수유리 어머니 생신을 맞아 모처럼 찾아뵈었다. 마침 친하게 지내시던 어머니의 친구분들이 오셔서 대화를 나누고 계셨는데, 미국에서 온 누구누구의 아들이 이제 겨우 스물네 살인데 색싯감을 찾는다는 것이다. 친구분들이 돌아간 후에 수유리 어머니께서 넌지시 내게 물었다.

"유미, 너 공부 계속하고 싶다고 했지? 이참에 미국으로 시집가는 거 어때? 미국에서 살면서 공부하면 되잖아."

당시 미국은 한국 사람들에게 기회의 땅으로 인식되었다. 열심히만 하면 성공의 길이 열리는 마법의 나라 같았다. 미국행이라는 제안에 귀가 솔깃했지만 한 가지 걸리는 게 있었다. 그 남자에게 네 살짜리 어린 딸이 있다는 것이다.

"딸은 남자의 외할머니가 작년까지 키웠는데 그분이 돌아가셨다지 뭐냐. 지금은 어머니가 한국으로 나와 키우고 있는데 아들이 아직 젊으니 새 장가를 들였으면 하더라."

나는 집으로 돌아와 밤새 고민했다. 공부, 미국, 결혼 그리고 네 살짜리 딸……. 꿈을 이루려면 당연히 미국으로 가야 했다. 하지만 내 나이 겨우 열아홉이었다. 결혼이라는 것도 남자의 어린 딸을 키우는 것도 모두 버거웠다.

'아이가 있는 남자와 같이 살 수 있을까? 그 아이를 잘 키울 수 있을까? 미국에 가면 정말 공부의 길이 열리는 걸까?'

그렇게 며칠 동안 고민에 고민을 거듭한 끝에 결단을 내렸다. 나는 둘째 오빠에게 모든 것을 털어놓았다. 오빠는 예상대로 펄쩍 뛰었다.

"뭐? 애 딸린 남자에게 시집간다고? 말도 안 되는 소리 하지 마라! 어머니, 아버지가 너를 얼마나 귀하게 키웠는데, 절대 안 된다. 다시는 이야기 꺼내지도 마!"

그러나 나는 자신 있다고 집요하게 오빠를 설득했다. 오빠는 오빠대로 완강하게 고개를 저었다.

"네가 아직 어려서 뭘 몰라서 그래. 남자란 오래 만나보고 신중하게 골라야 한다. 충분히 사귄 후 그래도 결심이 서면 모르겠지만 생면부지의 남자에게 시집가서 무슨 고생을 하려고 그래? 후회하지 말고 마음 접어라."

세월이 흘러 오빠의 말을 뼈저리게 실감하는 날이 오고야 말았지만,
당시의 나에게는 미국 이민 말고는 희망이 없었다.
나의 지속적인 설득으로 오빠는 결국 반승낙할 수밖에 없었다.

나는 한달음에 수유리 어머니를 찾아갔다.

"어머니, 그 사람과 결혼해서 미국 갈게요. 미국에 가서 열심히 공부도 하고, 잘 살아 볼게요."

어머니는 걱정 반, 기쁨 반의 얼굴로 몇 번을 다시 물었다.

"유미야, 너 정말 할 수 있겠니?"

나는 짧게 "네!"라고 답했다.

1979년 2월, 그 남자를 처음 만났다. 수유리 어머니를 대동하고 약속 장소로 나갔다. 아직도 그 자리에 그대로 있는 장충동 태극당 빵집. 그곳에 상대 남자가 미리 와서 나를 기다리고 있었다. 남자의 첫인상은 그럭저럭 괜찮은 편이었다. 키가 아주 컸는데 무엇보다 상당한 미남이었다.

광산 김씨인 그는 나처럼 형제가 많은 집에서 성장했고 아홉 남매 중 일곱째였다. 미군이면서 미국 시민권자였는데 그 당시 한국으로 파견 나와 있었다. 그는 한국에서 아이를 키우며 어머니를 모시고 살았고, 누나를 제외한 형제 대부분은 미국 텍사스에 거주 중이었다.

일주일 후, 우리는 단둘이 만나 데이트했다. 저녁을 먹으면서 앞으로 살아갈 일에 대해 많은 이야기를 나눴다.

가족의 반대를 무릅쓰고

몇 번 만나보지도 않은 채 우리는 석 달 후에 결혼식을 올리자고 이야기했고, 바로 날짜를 잡아 버렸다. 그 이야기를 전해 들은 큰오빠가 한달음에 서울로 올라왔다.

"아이가 딸린 남자라니! 유미야, 네가 뭐가 부족해서 그러니? 더 좋은 혼처도 찾아보면 얼마든 있다. 절대 안 된다. 지금이라도 안 늦었다. 결혼을 물러라."

온 가족의 반대에도 불구하고 나는 결혼식을 강행했다. 축복받지 못한 결혼이었고, 급하게 서두른 결혼이었다. 너무 이른 나이에 아이가 있는 남자와 결혼하는 게 창피해 나는 친한 친구들에게조차 청첩장을 보내지 않았다. 그렇게 미국에 가기 전까지 누구와도 만나지 않았다.

단 한 명, 가장 친한 친구인 지숙이에게만 속내를 털어놨다. 미국에 가서도 지숙이하고만 연락하며 지냈다. 그 친구는 지금 교회 목사님의 사모님이 되었다. 여전히 내가 가장 믿고 의지하는 친구다.

결혼식을 마친 후 용산 미군 기지에서 혼인 신고를 했다. 그 사람이 6개월 안에 다시 미국으로 들어가야 했기에 서둘러 주한 미국 대사관에 서류를 접수했다. 그렇게 모든 절차를 마치고 1979년 봄, 나는 그 남자를 따라 미국으로 건너갔다.

드디어 미국으로 이민을 가다

미국 본토로 직행한 것은 아니었고, 하와이에 들러 영주권을 먼저 받았다. 그와 나, 그의 딸 킴(은주), 이렇게 세 사람은 하와이에서 하룻밤을 지낸 뒤 본가가 있는 텍사스(Texas)로 날아갔다.

우리가 정착한 곳은 텍사스 오스틴(Austin)에서 한 시간 정도 거리에 있는 아주 작은 시골 동네였다. 내 고향 나주보다 나을 것이 하나 없었다. 높은 건물도 없었고, 세련된 숍도 없었다. 먼지만 풀풀 날리는 흙길을 따라 낡은 자동차 몇 대가 털털거리며 지나다닐 뿐이었다.

"이게 정말 미국이야?"

도무지 믿기지 않았다. 다른 나라로 잘못 온 게 아닌가 싶었다.
그렇게 미국 텍사스 깡시골이 나의 첫 미국 정착지가 되었다.

나의 재산이라곤 이민 가방 세 개가 전부였다. 방 두 칸짜리 작은 집에는 에어컨마저 없었다. 그래도 의지할 데가 전혀 없는 것은 아니었다. 그이의 큰누나가 옷가게를 세 개나 운영했고, 작은누나도 자신의 가게를 갖고 있었다. 큰형 역시 작은 기프트숍을 운영하고 있었기에 그들 형제는 동네에서 꽤 유명했다. 시댁 식구들은 하나같이 친절했다. 큰동서가 특히 잘해 주었는데 어린 나이에 미국이라는 낯선 땅으로 시집온 나를 안쓰럽게 생각했다.

시댁 식구들은 잘해 주었지만, 미국에 대한 나의 환상은 이미 깨진 뒤였다. 언어 소통도 되지 않는 낯선 타향에서 향수병만 깊어갔다. 밤마다 고향 산천이 꿈에 나타났고, 어머니와 언니 오빠들이 그리워 눈이 퉁퉁 붓도록 울었다.

더위는 왜 또 그렇게 무지막지한지. 가마솥을 방불케 하는 찜통 더위였다. 웬만한 집에 다 있던 에어컨도 그 집에는 없었다. 애 아빠는 잘 들어오지도 않았고 킴과 나만이 숨을 헉헉 몰아쉬며 더위를 견뎌야 했다.

킴은 키우기 쉬운 아이였다. 그 찜통 같은 더위 속에서 한 번도 보채거나 투정을 부리지 않았다. 내가 해줄 수 있는 것은 시원한 물로 아이를 목욕시켜 주는 일뿐이었다. 킴은 밥투정도 하지 않았다. 시리얼이건 밥이건 주는 대로 다 잘 먹었다. 그렇게 나는 킴에게 친딸 이상으로 깊은 정이 들었다.

제이미의 출생

해가 바뀌어 우리는 아파트로 이사했다. 방은 똑같이 두 개였지만 조금 더 깨끗했고 에어컨도 딸려 있었다. 아파트 단지 안에는 자그마한 수영장도 있었다. 킴은 미국 나이로 다섯 살이 되었고, 나는 임신하여 만삭이었다.

킴이 유치원에 간 사이 나는 주방에 쭈그려 앉아 김치를 담그고 있었다. 배가 아프기 시작했지만, 김치를 버려둘 수 없어 참고 일했다. 문득 아랫도리가 축축해졌다. 축축한 정도가 아니라 입고 있던 속옷이 흠뻑 젖었다. 직감적으로 양수가 터진 것을 알았다. 상황을 직감하고는 급히 병원으로 향했다. 가는 동안 내내 두려운 마음이 들었다. 병원에 도착하여 무사히 출산을 마치고 나니 의사가 고개를 저었다.

"양수가 터지면서 태반으로 세균이 침입했어요. 당장 아기를 입원시켜야 합니다."

그렇게 제이미는 태어나자마자 일주일 동안 병원 신세를 져야 했다. 아기를 병원에 남겨둔 채 집으로 오는데 하염없이 눈물이 흘렀다.

해산의 경험이 없었던 나였고, 미역국조차 끓여줄 사람도 없었다. 병원에서 나온 음식은 입에 전혀 맞지 않았다. 그나마 사과가 괜찮아서 조금 먹은 정도였다. 그때의 산후 후유증 탓인지 지금도 이가 시큰거린다.

드디어 아기가 퇴원하여 집에 왔다. 도와주는 사람도 경험도 없던 내가 갓난아기를 돌보려니 눈앞이 캄캄했다. 그때, 같은 아파트 단지 내에서 가까이 지내던 박호순 언니가 3주 동안 우리 집을 방문해 아이 목욕도 시켜주고, 미역국도 끓여주고, 청소도 해주었다. 언니의 고마움은 평생 잊지 못한다.

내가 텍사스를 떠나오면서 언니와 소식이 끊겼는데 그로부터 20여 년이 흐른 어느 날 메릴랜드 몽고메리 카운티에서 우연히 박호순 언니를 다시 만났다. 지인의 교회 장례식장에서였다. 그때의 반가움이란! 우리는 지난 세월을 반추하며 모처럼 이야기꽃을 피웠다. 다시 한번 이 자리를 빌려 박호순 언니에게 감사의 마음을 전한다.

텍사스에서 로스앤젤레스로

전 남편은 결혼 초부터 술과 도박에 빠져 지냈다. 아기를 낳으면 달라지겠거니 했지만 두 아이의 아빠가 된 후에도 남편은 변하지 않았다.

텍사스를 떠나야겠다는 생각이 들었다. 텍사스에서는 결코 생활이 나아질 수 없었다. 그래서 생각한 곳이 로스앤젤레스(LA, Los Angeles)였다. 로스앤젤레스에는 한인 사회가 형성되어 있었다. 영어가 서투른 나로선 한국인이라는 단어만으로 마음이 안정되는 것 같았다. 아이들도 한국 문화를 더 자주 접할 수 있으니 교육적으로 큰 도움이 될 것이었다. 로스앤젤레스에는 먼 친척 언니가 살고 있었는데 기댈 가족이 없는 미국에서 언니는 나의 유일한 연고였다. 그래서 언니 하나 믿고 마음의 결정을 내렸다.

제이미가 막 돌을 넘긴 1981년, 우리 가족은 텍사스를 떠나 로스앤젤레스에 정착했다. 시내 한복판은 아니었고, 걸어서 학교와 교회로 이동이 가능한 장소에 방 두 칸짜리 집을 구했다.

환경이 바뀐 만큼 남편도 변하리라 생각했지만,
그는 여전히 술과 도박에 빠져 있었다.
아이 둘을 키우는 것도, 가족의 생계를 책임지는 것도 온전히 내 몫이었다.

셋째 딸 줄리의 출생

일찌감치 잘못된 결혼이라는 것을 깨달았지만 자존심 때문에 결단을 내리지 못했다. 온 가족이 반대한 결혼이었기에 친정에 대놓고 하소연도 하지 못했다. 그렇게 차일피일 시간을 끌었다. 무엇보다 아이들을 생각하니 선뜻 이혼할 용기가 나지 않았다.

하지만 아이들의 교육과 미래를 생각하니 이혼하는 게 맞는 것 같았다. 그리하여 고민 끝에 이혼을 결정했다. 두 아이는 모두 내가 맡기로 했다. 어려운 결정을 내리는 와중이었지만, 내게는 아이들이 희망이 되어 줄 것이란 확신이 있었다.

처음에는 이혼했다는 사실조차 알리지 못했다. 자존심도 자존심이었지만 당시 한국의 통념으로 이혼은 결코 해서는 안 되는 일이었다. 막내딸 걱정에 잠 못 이룰 어머니 생각을 하니 입이 떨어지지 않았다. 나중에 이혼 사실을 말씀드렸을 때 온 집안이 발칵 뒤집혔음은 말할 것도 없다. 그런 와중에 오히려 어머니는 담대하게 나를 위로해 주셨다.

"네가 그런 결정한 데는 그만한 이유가 있겠지. 아프지 말고 몸부터 잘 챙겨라."

이혼하고 서로 떨어져 있다가 최소한 한 번은 재결합 시도를 해야겠다 싶어 서류상으로는 이혼한 상태였지만, 다시 몇 년을 그와 같이 살았다. 그리고 그때 셋째 줄리를 임신하게 되었다. 셋째가 생기면 변할지도 모른다는 희망을 가져 보았지만, 애들 아빠는 그대로였고 결국 완전히 헤어지게 되었다.

줄리를 임신하고 나는 만삭이 될 때까지 육아와 일을 병행했다. 나는 가장 어려운 순간에조차 한국의 가족에게 손을 벌리지 않았다. 아이들 식비와 아파트 임대료를 온전히 내 힘으로 벌었다. 그러는 사이 산달이 닥쳤다. 더 이상 일하는 것은 무리였다. 하루 벌어 하루 먹고사는 처지에 일을 쉬니 주머니에 돈이 똑 떨어지고 말았다. 아이들 점심값 2달러가 없어 발을 동동 구르는데 위층에 사는 지훈 엄마가 돈을 빌려주어 다행히 위기를 넘겼다.

줄리를 출산했지만 산후 조리는커녕 쉴 새도 없이 다시 일을 시작했다. 큰딸 킴이 학교에서 돌아오면 줄리를 맡기고 일을 나갔다. 아이들을 생각하면 아픈 것조차 사치였다. 비록 좋은 집에서 살지 못했고 비싸고 좋은 음식을 먹이진 못했어도 나는 최선을 다해서 아이들을 키웠다.

메릴랜드로 이주하다

내 나이 삼십 대 초반에 대륙을 가로질러 동부 메릴랜드 하워드 카운티(Howard County, Maryland)로 이사했다. 둘째 딸 제이미가 8학년을 막 마쳤을 때였다. 지인이 미국 동부 메릴랜드에서 터를 잡고 살고 있었는데 아이들 교육하기에 더없이 좋은 환경이라는 것이다. 또한, 하워드 카운티는 한인 타운이 형성되고 있어 타 문화에 대한 이질감도 덜했고, 한국처럼 사계절이 뚜렷하고 깨끗한 자연환경을 가졌다.

비행기를 타고 하늘에서 내려다 본 메릴랜드는 온통 초록 세상이었다. 나무들 때문에 집들이 보이지 않을 정도였다. 캘리포니아와는 또 다른 아름다움에 나는 탄성을 질렀다.

일주일 동안 알아본 결과 적당한 집이 있어 임차를 결정했다. 아이들이 학교까지 걸어갈 수 있었고, 근처에 산책하기 좋은 공원이 있었으며 주변 환경이 조용했다.

이사하면서 가장 먼저 한 일은 오래오래 출석할 교회를 찾는 일이었다. 한인 사회에서 교회는 머나먼 타국에서 가장 믿고 의지할 만한 공동체이자 소통의 장이었다. 일가친척이 없는 내게 교회는 삶의 구심점이나 마찬가지였다.

다행히 집에서 그리 멀지 않은 곳에 내가 찾던 교회가 있었다. 벨츠빌장로교회는 너무 크지도 작지도 않은 적당한 규모에, 아이들에게 한글 교육도 하고 있었다. 연세 있으신 어른들도 많았고, 아이들의 또래 친구도 많았다. 나와 딸들은 빠른 속도로 교회에 정을 붙였고 그런 만큼 신앙생활도 열심히 했다.

이사한 지 얼마 안 되어 교인분들을 초청하여 집들이를 했다. 나는 온갖 솜씨를 발휘해 한국 음식으로 한 상 잘 차려서 대접했다. 사람들은 내가 보기와 달리 강단이 있다며 놀라워했다.

"유미 집사님, 이 많은 음식을 혼자 다 하신 거예요? 어떻게 이렇게 한국 음식을 잘 만드세요?"

나는 미소로 대신 대답했다. 아이들을 키우면서 한 번도 힘들다는 이야기를 입 밖으로 꺼낸 적이 없다. 비싼 옷은 아니지만 늘 단정하게 입으려 했고, 애들 옷도 신경 써서 세탁하고 다려서 입혔다. 그래서 사람들은 나의 생활이 풍족할 뿐만 아니라 멋 부리기 좋아하는 사람으로 오해하기도 했다. 하지만 차차 나를 알아가면서 오해는 풀렸다.

싱글맘으로 세 딸을 키우는 것이 비록 어렵고 고됐지만 그런 가운데서도 나는 나눔을 실천하려 늘 애썼다. 때로는 우리 교회에 이민한 지 얼마 안 되어 정착에 어려움을 겪는 사람들이 있으면 함께 고민을 나누며 도울 수 있는 데까지 도왔다.

울타리가 되어 주었던 교회

온갖 시련 속에서도 지금까지 견디며
여기까지 올 수 있게 한 세 가지 힘이 있다.
첫 번째는 내 전부인 세 딸, 두 번째는 나의 소중한 꿈,
마지막으로 주님이 함께하신 것이다.

로스앤젤레스에서도 그랬지만 메릴랜드에서도 신앙은 내 삶의 중심이었다. 아무리 피곤해도 주일이면 아침 일찍 일어나 아이들을 준비시켜 주일 학교에 보냈다. 로스앤젤레스 베델장로교회를 다닐 때 있었던 일이다. 하루는 교회 전도사님이 아이들과 나를 번갈아 바라보며 물었다.

"이 아이들이 조카들인가요?"

"아니요, 다 제 아이들입니다."

내 나이 이십 대 후반, 첫째 킴과는 열다섯 살밖에 차이가 나지 않았고, 제이미를 낳은 것도 갓 스물을 넘긴 뒤였으니 아이들이 나

를 언니라고 불러도 이상하지 않았을 것이다. 나 역시 우리 큰오빠와 스무 살 차이가 나지 않던가?

싱글맘인 내게 교회는 우리 가정을 지켜주는 든든한 울타리였다. 교회에 가면 말이 통하는 친구가 있었고, 의지할 어른이 있었다. 무엇보다 교회는 생활 속에서 감사함을 잊지 않게 해주었다.

나는 예배가 끝나고 성가대 연습을 해야 했기에 아이들은 각자 다른 방에 들어가 책을 읽으며 나를 기다렸다. 아이들은 많은 시간을 교회에서 보냈다. 교회는 아이들에게 좋은 영향을 미쳤고, 삶의 가치를 가르쳐 주었다. 아이들에게 교회란 한국어와 한국 문화, 예절, 사회성을 배우는 제2의 학교였다.

내가 처음 신앙생활을 시작한 게 중학교 때였다. 당시에는 큰오빠와 집안의 반대가 커서 제대로 교회에 나가지 못했다. 그러다가 고등학교에 진학해 서울 강북구 수유리 어머니 댁으로 옮겨 오면서 본격적으로 신앙생활을 하게 되었다. 당시 친한 친구가 북가좌동에 있는 교회에 다니고 있었는데 나를 전도했다. 수유리에서 북가좌동까지는 가까운 거리가 아니었지만, 주일마다 빼먹지 않고 꼬박꼬박 교회에 출석했다.

성인이 되어 세례를 받을 자격이 되었을 즈음 결혼과 함께 미국 이민 길에 올라야 했다. 나는 1979년 결혼식을 올리기 직전, 서울 방배동 소재의 장로교회에서 세례를 받았다. 이민 후 되도록 같은 교파의 교회에서 신앙생활을 하고 싶었지만, 첫 정착지인 텍사스에는 장로교회가 없었다. 그래서 인근에 있던 감리교회에 출석했다.

로스앤젤레스로 이주한 뒤에야 나는 비로소 장로교회에 등록할 수 있었다. 나는 베델장로교회에서 제자 훈련과 지도자 훈련을 받았고, 성가대 활동도 열심히 했다. 신앙이 있었기에 어떤 어려움도 이겨낼 수 있었다. 아무리 힘들어도 주님께서 나를 도와주신다는 믿음을 저버리지 않았다.

메릴랜드로 이주한 뒤에는 벨츠빌장로교회에 등록했다. 지금은 위튼커뮤니티교회로 이름이 바뀌었다. 큰 교회는 아니지만, 가족 같은 분위기 속에서 여러 가지를 의지하며 신앙생활을 하기 좋았다. 나는 지금도 여전히 이 교회에 출석하고 있다.

제이미가 식량을 구해 오다

메릴랜드에 정착한 지 2년이 넘어가고 있었다. 첫째 킴은 군에 입대해서 3년째 근무하며 대학 갈 준비를 하고 있었고, 둘째 제이미와 셋째 줄리는 나와 함께 살고 있었다. 큰아이는 물론 작은아이들도 바쁜 엄마를 배려해 되도록 자기 일은 자기 스스로 해결하려 애썼다.

1995년 겨울이었다. 메릴랜드에 엄청난 눈보라가 몰아쳤다. 일주일 동안 멈추지 않았다. 눈을 치우고 나면 다시 눈이 쌓이기를 반복했다. 캘리포니아에 살았을 때는 이런 날씨를 경험한 적이 없었기에 우리는 아무 대책 없이 그저 눈이 그치기만 기다렸다.

나중에 알게 되었지만, 이곳 사람들은 폭설에 대비해 우유, 빵, 달걀, 시리얼 등의 비상식량을 비축해 두고 있었다. 내 생각으로 어디를 가든 김치와 쌀만 있으면 산다고 생각했기에 비상식량에 대한 개념이 없었다. 눈이 계속 내리면서 결국 모든 식료품이 떨어지는 순간이 왔다.

집 밖은 온통 눈밭이었고 길조차 사라졌으니 어디가 어딘지 분간이 되지 않았다. 마트까지는 차로도 가까운 거리가 아니었다. 꼼짝없이 굶을 수밖에 없는 상황에서 제이미가 식량을 구해 오겠다며 집을 나섰다.

"제이미, 이 눈 속에 어딜 가려고 하니? 내일 눈이 그칠지도 모르니까 조금만 더 기다려 보자."

하지만 제이미는 무릎이 푹푹 빠지는 눈밭으로 용감하게 걸어나갔다. 얼마 후, 집으로 돌아온 제이미의 양손 가득 빵과 치즈, 시리얼이 들려 있었다. 그때처럼 제이미가 기특하고 든든한 적이 없었다. 열 아들 안 부러운 순간이었다. 그런 일이 있은 뒤로 우리는 언제나 일기예보에 귀를 기울이며 미리 준비하는 습관이 생겼다.

나의 버팀목
세 딸

유일한 버팀목이 되어 주었던 나의 딸들

늘 경제적으로 궁핍하고 고단하기 그지없는 미국 생활이었지만
딸들이 있어 하루하루 버텨 나갈 수 있었다.

큰딸 킴을 처음 만났을 때 그 아이는 네 살이었다. 태어나서부터 할머니 손에 큰 탓에 킴은 그때까지 어머니의 정을 몰랐다. 나는 킴을 보는 순간 낯설지 않았는데 킴이야말로 하나님이 내게 주신 선물이라고 확신했다. 남편과 이혼하면서도 내 딸이라고 생각했기에 내가 키우는 것을 당연하게 생각했다.

킴은 천성적으로 책임감이 강하고 남에게 피해 주는 것을 싫어했다. 싱글맘으로서 나는 직장에 나가야 했는데 그럴 때 킴은 학교가 끝나자마자 집에 와서 동생들을 돌보았다. 특히 막내 줄리는 갓난아기였기에 24시간 곁에서 지키며 분유도 먹이고 기저귀도 갈아주어야 했다. 킴은 자기도 어린아이면서 줄리의 보모 노릇을 했다. 고등학교 2학년 때까지 킴은 동생들에게 제2의 엄마였다. 어린 동생들의 등교를 챙겼고, 집 안 청소와 빨래를 도와주었다.

하루는 킴이 자랑스러운 표정으로 이렇게 말했다.

"엄마, 동생들이 내가 엄마랑 똑같이 한대요."

나를 롤 모델로 생각하는 킴은 내가 하는 것을 눈여겨보았다가 그대로 따라 했다. 정말이지 킴이 없었으면 어떻게 할 뻔했나 하는 생각이 들 때가 한두 번이 아니다.

킴은 고등학교 졸업을 앞두고 나 몰래 군대에 지원했다. 집안

의 경제 사정을 고려한 선택이었다. 그때 킴의 나이가 겨우 열여덟 살이었다. 미국에서는 열여덟 살이 되면 부모 동의 없이도 자기 스스로 결정해서 행동할 수 있다.

킴은 군에 입대하여 한국에서 1년간 복무했다. 서울 용산에서 근무했는데, 내게 어울릴 것 같아 사 왔다며 선물로 코트를 내밀었다. 코트 안에는 '유미'라는 내 이름이 한글로 수놓아져 있었다. 순간 눈물이 왈칵 쏟아지려는 것을 꾹 참았다. 나는 아이들 앞에서 대놓고 운 적이 없기 때문에 정말 혼신의 힘을 다해서 눈물을 참았다.

킴은 미국으로 돌아와 워싱턴 D.C.의 작은 부대에서 복무했다. 그때 짝인 루이스를 만났다. 루이스는 킴과 교제 중에 훌쩍 한국으로 떠났는데 타국에서 복무하면 국내에 있는 것보다 봉급이 더 많기 때문이었다. 한국에서 1년간 복무한 루이스는 귀국하여 메릴랜드주 몽고메리 카운티 락빌에 작은 타운하우스를 장만했다. 두 사람은 나란히 3년간의 군 복무를 마치고 결혼식을 올렸다.

킴은 쓸데없는 낭비를 하지 않는다. 신혼 때도 살림살이를 장만하지 않아서 내가 우리 집에 있는 것을 나누어 주어야 했다. 킴은 딸 대니엘라를 낳은 후 워싱턴 D.C.의 가장 큰 로펌에 취직했다. 그곳에서 20년 넘게 일하면서 회계와 오피스 매니저 업무를 하는 워킹맘으로 살고 있다. 결혼 13년 만에 킴 부부는 더 큰 타운하우스로 이사했다. 지금은 세 식구가 제법 풍족한 환경에서 행복하게 잘 살고 있다.

대개 미국의 직장인들이나 공무원들은 9시부터 5시까지 근무하고 칼퇴근한다. 하지만 킴은 주말에도 일할 때가 많고, 평소에도 근무 시간을 넘겨 늦게까지 일하곤 했다. 하루는 내가 걱정이 되어서 물었다.

"킴, 왜 그렇게 늦게까지 일해?"

"응 엄마, 맡은 일을 다 마쳐야 해서요."

"그래도 시간이 되면 남들처럼 퇴근해야지."

"내 일을 다 마치지 않으면 다른 사람 업무에 지장을 주게 돼요. 집에 와서도 못다 한 일이 눈에 어른거려 그냥 마치고 오는 게 편해요."

정말이지 킴은 못 말릴 만큼 책임감이 투철한 아이다.

세 딸 중에 킴이 한국말을 제일 잘한다. 그만큼 나는 킴과 가장 많이 소통한다. 루이스도 큰사위로서 자기 역할을 100% 해내고 있다. 모든 사위가 든든하지만 그래도 내가 가장 믿고 의지하는 건 큰사위 루이스다. 루이스 덕에 줄리는 아주 쉽게 운전면허증을 딸 수 있었다. 루이스가 고등학생이었던 줄리에게 직접 운전을 가르쳐 주었기 때문이다. 큰딸과 큰사위가 있어 나는 늘 든든하다.

둘째 딸 제이미

둘째 딸 제이미는 아들 같은 딸이다. 세 딸 중에 가장 활발하고 씩씩하다. 겉으론 선머슴아처럼 행동해도 누구보다 정이 많고 섬세해 실제로는 여성스러운 면이 많은 아이다.

제이미는 자라면서 한 번도 내 속을 썩이지 않았고, 거기다 부지런하기까지 해서 늘 자기 방을 깨끗하게 정리했다. 제이미가 미시간 대학교에 다닐 때 친구들이 자기 방을 보고 깜짝 놀라며 이렇게 말했다고 한다.

"제이미, 너 정말 방을 깔끔하게 관리하는구나. 내 방이랑 완전히 달라."

제이미가 하워드 카운티 컬럼비아의 해먼드 고등학교 12학년 때 프롬(Promenade Dance or Prom)이 열렸다. 프롬이란 미국과 캐나다 고등학교에서 마지막 학년에 개최하는 공식적인 댄스파티를 말한다.

생전 치마를 안 입던 '톰보이(중성적인 매력을 띠는 여자를 가리키는 용어)' 제이미가 프롬 때문에 처음으로 드레스를 입게 되었다. 드레스를 입으려면 화장이 필수였다. 그래서 내가 솜씨를 발휘해 제이미를 화장해 주고 머리도 만져 주었다. 제이미는 키가 크고 날씬해서 드레스를 입히고 화장을 시켜 놓으니 다른 사람 같았다. 프롬에서 제이미는 단연 화제였다.

"Is this Miss Kim?" (너 정말 미스 킴 맞아?)

친구들이 묻고 또 물었다. 역시 여자는 어떻게 꾸미느냐에 따라 달라 보이는가 보다. 그 학교에도 예쁘다고 소문난 아이들이 많았는데 그런 아이들을 모두 젖히고 제이미가 프롬퀸에 뽑혔다.

제이미는 누구보다 독립적인 아이였다. 메릴랜드로 전학하면서 적응에 어려움을 겪지 않을까 걱정했는데 내 걱정이 무색하게 친구들과 잘 어울리고, 시키지 않아도 알아서 소프트볼 스포츠 클럽에 가입하는 등 적극적인 학교생활로 나를 안심시켰다. 또한, 학내 선거에 출마하여 학생회장으로 선출되기까지 했다. 제이미가 졸업생 대표로 답사할 때 나는 말로 표현할 수 없을 만큼 기쁘고 자랑스러웠다.

제이미는 미시간 대학교를 목표로 SAT 준비를 시작했다. 제이미는 미시간 대학교 풋볼팀의 열렬한 팬이었다. 미시간 대학교는 '퍼블릭 아이비리그'(공립 대학의 학비로 아이비리그 수준의 교육 서비스를 제공하는 대학교)에 속해 있다. 미국 종합 대학 학부 순위에서 미시간 대학교는 25위 안에 들고, 미국 공립 대학 학부 내에서는 조사 기관마다 조금씩 다르지만 1~3위를 차지하는 등 매우 좋은 학교로 인정받고 있다. SAT의 경우 1,380에서 1,540점(1,600점 만점)에 들어야 입학할 수 있다. 미국 내에서도 우등생 중의 우등생만 들어가는 학교가 미시간 대학교인 것이다.

제이미는 돈이 없어 학원에도 못 다녔는데 미시간 대학교에 거뜬히 합격했다. 합격했을 뿐만 아니라 장학금까지 거머쥐었다. 킴이 집안 사정을 생각해 나 몰래 군에 지원한 것처럼 제이미도 집안 경제에 도움이 되기 위해 정말 많은 아르바이트를 했다. 고등학생 때부터 방과 후에 스테이크하우스에서 일했고, 주말에는 모자 가게에서 점원으로 일했다. 베이비시터, 잔디 깎기도 마다하지 않았다.

우리 동네 잔디는 제이미가 다 깎았다고 해도 과언이 아니다. 잔디 한 번 깎는 데 20달러씩 받았으니 고등학생치고는 꽤 괜찮은 벌이였다. 제이미는 그렇게 어렵게 일해서 번 돈으로 동생에게 선물을 사주었다. 당시 미국 아이들 사이에는 비니 아기 인형(Beanie Baby Doll, 오자미 만든 것들)을 모으는 게 유행이었는데 줄리도 제이미 덕에 베이비돌을 꽤 여러 개 가질 수 있었다.

눈길을 헤치고 식량을 구해올 만큼 씩씩한 제이미는 아들 같은 딸로 아빠의 빈자리를 채워 주었을 뿐만 아니라 자기 앞가림도 척척 잘 해냈다. 제이미는 대학 졸업 후 로스쿨에 진학했는데 그때 받은 학자금 대출을 아직 갚고 있다. 그런 딸이 대견하면서도 충분히 도와주지 못했다는 생각에 안쓰러운 마음이 들 때가 한두 번이 아니다. 제이미는 프레데릭 카운티, 세인트 메리스 카운티 검찰을 거쳐 현재는 앤 아룬델 카운티에서 주 검사로 근무하고 있다.

제이미가 벤을 만난 것은 로스쿨이 끝나갈 무렵이었다. 둘째 사위 벤을 생각하면 미안한 마음이 앞선다. 내가 둘의 결혼을 강력하게 반대했기 때문이다.

나로선 힘들게 키워서 로스쿨까지 보낸 딸이었기에 그래도 비슷한 학벌의 남자를 만났으면 하고 바랐다. 내 나이 또래의 한국 어머니라면 이런 생각에 조금은 동의할 것이다.

처음에 제이미가 남자친구를 소개하겠다고 해서 래리와 나는 기대가 매우 컸다. 드디어 훤칠한 금발의 백인 청년이 우리 집을 방문했고, 우리 네 사람은 근처 초밥집으로 이동했다. 레스토랑에 자리를 잡고 앉자 내가 말문을 뗐다.

"둘은 어디서 만났니? 로스쿨에서?"

내 질문에 갑자기 벤의 얼굴이 빨개졌고 제이미도 당황한 기색이 역력했다. 벤은 엔지니어 일을 하고 있다고 했다. 직업도 탐탁하지 않은 데다 벤에게는 형제가 많았다. 아무리 미국이라고 해도 형제 많은 집에 시집가서 일일이 대소사를 챙길 생각을 하니 벌써 한숨이 나왔다. 심지어 벤은 제이미보다 세 살이나 연하였다.

식사를 마친 후 집으로 돌아와 제이미에게 내 의사를 밝혔다.

"벤은 절대 안 된다."

제이미가 눈물로 하소연했다.

"엄마, 나 의사도 만나 보고 변호사도 다 만나 봤어요. 하지만 벤이 진정으로 내가 원하는 사람이에요."

그래도 내가 흔들리지 않자 래리가 중재에 나섰다.

"여보, 한 번만 다시 생각해 봅시다. 우리 제이미를 믿읍시다. 언제 제이미가 잘못된 판단을 하는 거 봤어요?"

남편이 그렇게 나오니 나도 마음이 수그러들었다.

'그래, 본인이 그렇게 좋다고 하니 허락하자. 딸만 행복하면 됐지.'

그렇게 둘이 사귄 지 몇 년이 지난 어느 날, 벤이 우리 부부를 '루스크리스 스테이크하우스'에 초대했다. 제이미는 초대하지 않고, 벤과 우리 부부만 마주 앉은 가운데 벤이 정식으로 결혼을 승낙해 달라고 말했다.

남편과 나는 동시에 "당연하지!"라고 답했다. 결과적으로 두 사람의 결혼을 승낙한 것은 잘한 일이었다. 벤은 제이미의 성실한 남편이자 두 아이 캠과 노라의 자상한 아빠로서 더할 나위 없이 열심히 살아가고 있다.

4년 전 셋째 언니가 관저를 방문했을 때 온 식구가 모여 김장을 한 적이 있었다. 키가 큰 벤이 쪼그리고 앉아서 열심히 배추를 씻는 것을 보고 셋째 언니가 매우 신기하게 생각했다.

"벤은 미국인인데 어떻게 저렇게 절인 배추를 잘 씻지? 한국에 있는 우리 아들들보다 일을 더 잘하는 것 같다."

언니가 잠시 자리를 비운 사이 벤과 둘이 앉아서 이야기를 나눌 기회가 있었다. 그때 나는 처음으로 벤에게 사과했다.

"벤, 너희 둘의 결혼을 반대한 것 정말 미안해."

그런 뒤 "사랑한다."라고 말했다. 이곳 미국의 문화는 '사랑한다.'라고 말로 표현하는 게 중요하다. 내가 그 말을 안 했기 때문에 벤은 여전히 내가 자신을 마음에 안 들어 하는 줄 알고 있었다. 나의 사과에 벤은 눈물을 글썽였다. 그렇게 내 진심을 전하고 나니 나도 마음이 한결 편안해졌다. 벤은 누구보다 한국 음식을 좋아하고 대부분 요리도 참 잘한다. 그중에서도 벤이 가장 자주 요리해 먹는 것은 김치볶음밥과 불고기이다.

막내딸 줄리

막내딸 줄리는 세 딸 중에 나를 가장 많이 닮았다. 요리하는 것을 좋아하고 잘하기 때문에 내 음식 레시피에도 관심이 많다. 자랄 때도 워낙 순해서 손이 많이 안 갔다. 내가 주일에 교회에서 성가대 연습을 하고 여러 활동에 참여할 때면 어린 줄리는 교회의 방 한쪽에서 조용히 앉아 책을 읽으면서 나를 기다려 주었다.

한번은 줄리가 교회 친구네 집에 놀러 갔다가 저녁을 얻어먹고 왔다. 줄리는 그 아이의 엄마, 아빠와 함께 밥을 먹었다며 한참 동안 그 이야기를 했다. 나 어릴 때는 열한 명의 가족이 한 방에 둘러앉아 밥을 먹었다. 그때는 그게 누군가의 부러움이 될 거라고 생각하지 못했다. 나에겐 일상이었던 일을 줄리는 한 번도 경험하지 못했다고 생각하니 콧등이 시큰했다.

줄리는 무용에 소질이 있어 다섯 살 때부터 발레를 가르쳤다. 초등학교 3학년이 되어서는 고전 무용에 입문했다. 줄리는 중학교를 졸업할 때까지 고전 무용을 했다. 고등학교에 입학해서는 교내 현대 무용 클럽에서 활동했다. 내로라하는 선배들을 제치고 주인공 역할을 맡을 만큼 줄리는 무용에서 두각을 나타냈다.

한번은 교내 공연을 앞두고 줄리가 부채를 사달라고 했다. 그것도 서른 개나 필요하다는 것이다.

"부채를 서른 개나 뭐 하게?"

"이번 공연 때는 퓨전 무용을 해보려고요."

야심 차게도 고전 무용과 현대 무용을 결합한 새로운 형태의 무용을 선보이겠다는 것이다. 결혼을 앞두고 있던 나는 래리와 시아버지를 줄리의 리사이틀에 초대했다. 그날 줄리는 내가 사준 부채로 정말 멋진 무대를 만들었다. 두 사람은 매우 흐뭇한 얼굴로 줄리의 공연을 관람했다.

여름방학을 맞아 제이미에게 다녀온 줄리가 뭔가 큰 결심을 한 표정으로 말했다.

"엄마, 저도 언니처럼 미시간 대학교에 입학할 거예요."

나야 줄리까지 미시간 대학교에 입학해 주면 더할 나위 없이 기쁜 일이었다. 열심히 해보라고 격려해 주었다. 줄리는 열심히 입시 준비를 하는 것 같더니 결국은 언니처럼 장학금을 받고 미시간 대학교에 입학했다.

줄리는 졸업 후 직장생활을 하는 중에 친구의 소개로 태수를 만났다. 태수는 줄리의 미시간 대학교 일 년 선배로 졸업과 동시에 직장생활을 시작해 이미 조그마한 타운하우스까지 마련한 상태였다. 제이미와 벤과의 결혼을 너무 반대했던 것 때문에 두고두고 마음이 불편했던 나는 둘의 결혼은 아주 쉽게 승낙해 주었다. 줄리의 결혼식은 메릴랜드 주지사 관저 앞뜰에서 있었다. 메릴랜드 주지사가 관저에서 딸의 결혼식을 치른 것은 14년 만이라고 한다.

결혼식을 앞두고 우리 가족이 모두 모였을 때 나는 감격에 겨워 이렇게 말했다.

"우리 식구가 드디어 한국 사위를 맞았습니다."

그러자 남편이 "누가 드디어 맞게 된 한국 사위라는 거지?"라며 "내가 바로 한국 사위입니다."라고 말해 가족들을 웃겼다. 남편의 별명이 '한국 사위 래리 호건'이기 때문이었다.

줄리와 태수는 미시간주 앤 아버(Ann Arbor, Michigan)에 거주하면서 맞벌이 부부로 살고 있다. 3년 전에는 귀여운 딸 에이다도 얻었다.

딸들, 사위들, 손주들과의 행복한 추억이 참 많다. 킴의 딸 대니엘라와 제이미의 아들 캠은 같은 날 세례를 받았다. 대니엘라에게는 남편이 대부가 되어 주었고, 캠은 벤의 누나 크리스티가 대모가 되어 주었다. 대니엘라는 남편을 항상 '파파'라고 부르며 따른다. 우리 역시 장손녀 대니엘라에게 각별한 사랑과 관심을 주고 있다.

래리 호건과의 만남 그리고 결혼

운명 같은 만남

교회 다닐 때 권사님들을 통해 중매가 많이 들어왔다. 나는 모두 사양했는데, 아이들에게 나의 결혼이 어떤 영향을 미칠지 불투명했기 때문이다. 솔직히 말하면 너무 이른 나이에 결혼했고, 너무 일찍 쓴맛을 봤기 때문에 결혼에 대한 환상이 없었다.

가끔은 외롭다는 생각이 들기도 했지만, 아이들 키우랴 돈 벌랴 공부하랴 내 앞에 산적한 많은 일을 해치우다 보니 외로움조차 사치로 느껴졌다.

2000년, 메릴랜드 하워드 카운티의 한 갤러리에서 미국 작가들과 그룹전에 참여할 때였다. 웬 미국인 훈남이 다가오더니 내게 명함을 건네는 게 아닌가? 명함에 적힌 그의 이름은 래리 호건(Larry Hogan), 평범한 부동산 사업가였다. 전화로 킴과 제이미에게 그날 있었던 이야기를 했더니 둘 다 난리였다.

"엄마, 한번 만나 봐요."

두 아이는 떨어져 살았기에 종종 전화로 이런저런 이야기를 나누었지만 정작 같이 사는 줄리에게는 아무 말도 하지 못했다. 10대 사춘기를 통과하고 있던 줄리를 괜히 자극하고 싶지 않았다.

딸들이 시키는 대로 그에게 전화를 걸었다. 처음에는 차 한잔 정도 나눌 생각이었으나 그가 점심을 먹자고 했다. 그가 예약한 식당은 아나폴리스 체서피크만 서쪽에 있는 강변 레스토랑이었다. 아나폴리스는 역사적인 매력이 가득한 도시로 18세기에 건축한 식민지풍 건물들이 큰 볼거리를 이루고 있었다.

1763년 윌리엄 페카 총독이 세운 '페카 하우스', 1772년에 건립된 스테이트 하우스 같은 유적은 나도 익히 이름을 들어 알고 있었다. 컬럼비아에서 아나폴리스까지는 차로 35분 내지 40분밖에 안 걸렸는데 그렇게 가까운 곳도 구경 한 번 가보지 못할 정도로 바쁘게 살았다.

막상 만나고 보니 그는 대화가 아주 잘 통하는 사람이었다. 그는 자신의 모든 것을 숨김없이 털어놓았다. 어릴 적 부모님이 이혼하고 나서 어머니와 단둘이 플로리다에 살았고, 하나뿐인 누나와는 터울이 많았음에도 매우 가깝게 의지하며 지냈는데 일찍 결혼하는 바람에 외롭게 자랐다고 했다.

"그런데 왜 그렇게 결혼이 늦어지셨어요?"

"이런저런 사람을 만나 봤지만, 인연을 못 만났어요. 부모님의 이혼을 지켜보면서 결혼에 대해 부정적인 생각도 있었고요."

서양인은 동양인의 나이를 잘 가늠하지 못한다더니 그는 나를 스물예닐곱 살 정도로 보고 있었다. 그래서 나는 내 실제 나이를 가르쳐 주었다. 그는 내가 사십 대인 것에 조금 놀랐지만 크게 개의치 않았다.

"유미 씨, 혹시 아이들도 있습니까?"

"네, 있어요. 나는 장성한 세 딸을 둔 엄마예요."

그는 내가 재혼도 미루고 홀로 세 아이를 키워낸 것에 감동한 것 같았다. 나는 내 결혼관을 분명히 밝혔다.

"나는 나를 진심으로 이해하며 나의 세 딸을 인정하는 사람과 만나고 싶어요."

그는 그렇게 하겠다면서 진지하게 교제하고 싶다고 말했다.

"유미 씨, 제게 기회를 주세요."

래리와의 교제

당시 주변으로부터 가장 많이 들었던 이야기가 '애들 다 키웠으니 이제 좋은 사람 만나서 너 자신을 위해 살라.'라는 것이었다. 나도 그 부분에 대해 막연하게 생각해 온 것이 있기는 했다. 내가 만약 재혼한다면 나이 차이가 너무 많이 나지 않아서 나와 말이 통하는 사람, 애들이 있을 경우 결혼을 시킨 사람(아이 셋을 키우느라 고생을 많이 했기 때문에), 부자는 아니더라도 내가 먹여 살릴 정도로 가난하지는 않은 사람, 이기적이지 않은 사람, 이 네 가지는 충족되어야 한다고 생각했다.

처음에 래리는 내 기준에 80점 정도였는데 만나면 만날수록 괜찮은 사람이라는 생각이 들었다. 이 정도면 아이들에게 소개해도 될 것 같았다. 래리도 아이들을 만나보고 싶어 했다.

드디어 어느 토요일 저녁, 세 딸들과 큰사위 루이스가 모두 모인 가운데 그를 소개했다.

"이분이 내가 말하던 호건 씨야."

모두 웃는 낯으로 그를 반갑게 맞이했다. 나는 잡채, 돼지불고기 등으로 저녁상을 차렸다. 우리 가족이 평상시에 먹는 것처럼 맵게 요리했다. 그는 땀을 뻘뻘 흘리며 물을 연거푸 들이키면서도 매운 음식들을 열심히 먹었다.

큰딸 킴, 사위 루이스, 둘째 딸 제이미는 래리를 상당히 마음에 들어 했다. 진실하고 유쾌한 모습에 후한 점수를 주었다. 하지만 막내딸 줄리는 아무 말도 하지 않았다. 표정으로 보아 결코 그를 환영하는 느낌이 아니었다. 당시 줄리는 언니들이 대학과 취업으로 집을 떠난 상태에서 나와 단둘이 살고 있었다. 갑작스러운 래리의 출현에 엄마를 뺏기는 느낌이 들었던 모양이었다.

래리는 교제하면서 나의 꿈이 무엇인지 물었다.
나는 미술 공부를 계속해서 선생님이 되고 싶다고 했다.
그는 나에게 공부를 다시 해서 학업을 마쳤으면 좋겠다며
자신이 돕겠다고 했다. 결혼하기 전에 이런 약속을 하고
믿음직스럽게 내 곁을 지키는 그에게 더욱 신뢰가 갔다.

래리가 청혼하다

어느 날 래리에게서 전화가 걸려 왔다.

"유미, 내가 장례식 준비를 해야 하는데 강아지를 좀 돌봐줄 수 있어요?"

"장례식이요?"

"네, 어머니가 돌아가셨어요."

"저런요. 많이 힘드시겠어요. 래리, 제가 강아지를 돌봐줄게요. 집으로 데려와요."

래리가 데려온 개는 만 한 살 된 시추였고 이름이 '렉시'였다. 렉

시와 며칠 지내고 있는데 어머니 장례를 마친 그가 개를 데리러 왔다. 그런데 렉시를 데리러 온 그의 품에 또 다른 강아지 한 마리가 안겨 있었다.

"이 강아지 이름은 '피넛'이라고 해요. 어머니가 키우시던 강아지예요."

피넛은 요크셔테리어종의 아주 작은 강아지였다. 그리고 어머니 유품이라며 그가 내게 반지와 목걸이를 건넸다. 그 반지와 목걸이는 어머니의 날(Mother's Day)에 그가 선물했던 것이었다. 그의 어머니는 그때껏 그것을 소중하게 간직하고 있었던 것이다.

그의 가족은 많았지만, 어머니의 죽음을 진정으로 슬퍼해 줄 사람은 자신과 친누나 한 분뿐이라고 했다. 나머지 가족은 아버지가 재혼해서 만든 가족이었다. 그날 그의 가슴 아픈 가족사를 듣고 어머니의 유품을 선물로 받고 나자 그에게 더 마음이 가는 것을 느꼈다.

교제한 지 삼 년째 되던 해인 2003년 11월 어느 날, 래리로부터 전화가 걸려 왔다.

"유미, 다음 주에 플로리다의 키웨스트로 여행 가는 거 어때요?"

친한 친구 부부와 커플 여행을 계획했다는 것이다.

"여행을요?"

솔직히 나는 그때까지 여행이라는 것을 한 번도 간 적이 없었다. 여행을 다닐 만한 시간적, 마음적 여유가 없었다. 어린 줄리를 두고 가야 하는 게 마음에 걸렸지만 생애 최초의 여행인 만큼 모든 스케줄을 취소하고 일주일 일정으로 플로리다로 떠났다. 그는 메릴랜드 랜도버에서 성장했지만, 부모님의 이혼과 함께 어머니를 따라 플로리다로 이주하여 그곳에서 대학을 다녔다. 그에게 플로리다는 제2의 고향이나 마찬가지였다.

11월이면 겨울 초입인데도 남부 플로리다는 따뜻했다. 우리 네 사람은 남부의 따스한 햇볕을 쬐며 여유로운 시간을 보냈다.

여행 사흘째 되던 날 저녁이었다.

"오늘은 커플끼리 따로 저녁 식사를 하면 어떨까?"

래리의 제안에 친구 부부도 좋다고 했다. 저녁 식사를 마친 래리와 나는 해변을 산책했다. 달빛 아래, 선선한 바람이 야자수 이파리를 흔들었다. 천천히 걷는데 그가 갑자기 무릎을 꿇더니 반지를 내밀었다.

"유미, 나와 결혼해 주겠소?"

미국식 프러포즈에 낯설었던 나는 깜짝 놀라 아무 말도 못하고 그를 멀뚱멀뚱 바라만 보았다. 사실 전날 그가 한 보석 가게에 들러 내게 어떤 스타일을 좋아하는지 물었었다. 그저 취향을 묻는 줄 알았기에 심상하게 대답했는데 그게 프러포즈를 위한 것인 줄 누가 알았으랴. 래리는 나중에, 그 멈춤의 시간이 매우 극적인 효과를 불러일으켰다고 말했다. 기다리다 못한 그가 웃는 얼굴로 말했다.

"유미, 예스라고 해야지."

나는 잠에서 깨어난 듯 대답했다.

"예스!"

그 순간을 떠올리면 아직도 웃음이 나온다. 집으로 돌아와 아이들에게 프러포즈 받은 사실을 털어놓았다. 아이들이 축하한다며 환호성을 질렀다. 래리와 나는 6개월 후인 2004년 5월 1일을 결혼 날짜로 잡았다.

결혼, 새로운 시작

우리가 살 집은 에지워터(Edgewater) 물가에 있는 작고 오래된 집이었다. 그 집에 들어가 살려면 집수리가 필요했다. 나는 결혼식 준비와 집수리를 동시에 진행해야 했다. 웨딩플래너의 도움 없이 나 혼자 청첩장을 보내고, 웨딩드레스를 맞추고, 웨딩 사진과 비디오 촬영을 의뢰했다. 하객들에게 줄 기념 선물은 딸들과 함께 준비했다. 냉장고에 부착 가능한 한복을 입은 신랑 신부 인형 300쌍이 집으로 배달되었다.

남편은 가톨릭 신자였기 때문에 아나폴리스에 있는 세인트 메리스 가톨릭교회에서 식을 올리고 싶어 했다. 그러나 그 일은 성사되지 않았다. 내가 이혼 경험이 있었고 가톨릭 신자가 아니라는 이유로 신부님이 거절 의사를 밝혀서였다. 그때 래리는 그답지 않게 무척 화가 난 모습이었다.

결국 우리는 아나폴리스에 있는 페카 하우스에서 결혼식을 올렸다. 앞에서 잠깐 소개했지만 페카 하우스는 메릴랜드의 총독이었던 윌리엄 페카가 18세기에 세운 건축물로 고풍스러운 외관이 특징이다.

주례는 내가 출석하는 벨츠빌교회의 미국인 목사님이신 페리 박사님이 맡아 주셨다. 딸들이 신부 측 들러리를 하고, 남편의 친구들인 데이빗 와이즈, 스티브 맥애덤스와 막내 시동생 팀 호건이 신랑 측 들러리를 맡았다.

결혼식은 미국 장로교 예식과 한국 전통 혼례식 두 가지로 진행되었다. 한국에 계신 가족들이 오지 못해 대부님이신 황희섭 장로님이 아버지 역할을 맡아 주셨고, 교회 식구들이 가족을 대신해 결혼식에 참석해 주었다.

시댁 작은아버님인 엉클 빌과 시고모 메리는 정통 가톨릭 교인이라 식장에 들어오진 않고 작은 도랑 건너편에 의자를 놓고 앉아서 결혼식을 지켜보았다. 엉클 빌은 친딸 결혼식에도 가톨릭 신자와 딸이 결혼하지 않았다는 이유로 결혼식에 참석하지 않았다고 한다. 그래서 아직 딸의 원망을 듣고 있다. 비록 도랑 건너편에서 참관하기는 했지만, 우리 결혼식에는 오신 것이다. 본식이 끝난 후 폐백이 있었는데 그때 두 분은 기꺼이 폐백에도 참석하여 우리 부부의 절을 받아 주었다.

결혼식 날인 메릴랜드의 5월 1일은 계절로는 봄이고 날씨도 매우 좋을 때이다. 그런데 이상하게 그날따라 엄청 더웠다. 나는 웨딩드레스, 리셉션 드레스, 한국 전통 폐백 한복까지 세 번 옷을 갈아입었는데 새로운 옷으로 갈아입을수록 옷이 두꺼워져 큰 애를 먹었다.

게다가 써케이다(Cicada, 매미 떼)까지 세상을 덮쳐 식장이 매우 시끄러웠다. 내 평생에 그렇게 큰 매미들이 한꺼번에 몰려온 것을 처음 보았다.

써케이다는 땅속에 알을 낳는 것으로 삶을 마치는데 매미 알들은 죽은 듯이 땅속에서 잠을 자다가 17년 만에 깨어나 매미 성충이 된다. 그리고 지상에서 찰나 같은 생을 누리다가 다시 알을 낳고 죽는 것이다. 이것이 17년마다 반복된다고 하니 놀라운 자연의 신비가 아닐 수 없다.

2004년 5월 우리 결혼식 즈음에 나타났던 써케이다는 2021년에 다시 메릴랜드를 덮쳤다. 정확히 결혼 17주년이 되는 해, 5월이었다. 사실 17년 전 그때, 써케이다가 나타날 것이고 천둥과 번개도 있을 거라고 방송에서 말해 주어서 속으로 걱정을 많이 했다. 조금 더웠고 매미 때문에 시끄러웠지만 많은 사람의 축복 속에 무사히 결혼식을 마칠 수 있었다.

한국 전통 혼례의 폐백

한국 전통 혼례의 폐백을 드릴 때, 남편은 관모가 미키마우스 모자같이 생겼다며 쓰지 않겠다고 떼를 썼다. 그래도 쓰긴 해야 해서 억지로 관모를 씌우고 전통 한복을 입혔다. 그런데 신랑 신부 맞절 후 자리에서 일어서다가 그의 허리띠가 끊어지는 사고가 발생했다. 그 모습을 지켜보던 하객들이 웃음을 터트렸다. 삽시간에 식장이 웃음바다가 된 것이다. 그때 가장 크게 웃었던 사람이 우리 줄리였는데 그 웃음소리는 고스란히 비디오에 담겨 있다.

우리 부부는 결혼기념일마다 결혼식 때 찍었던 비디오를 다시 본다. 부부로 살다 보면 좋은 날만 있는 게 아니어서 의견 충돌이 있을 때도 있고 부부싸움을 할 때도 있다. 그런데 비디오를 시청하면 결혼식 때 서로에게 했던 맹세와 많은 사람의 축복, 하늘의 축복이 생각나 다시금 서로를 소중하게 여기게 된다.

폐백 때 시아버님은 우리의 절을 받으신 후 아들을 낳으라며 밤과 대추를 하나씩 던져 주셨다. 진짜로 시아버님은 우리 부부가 아이를 낳길 바랐고, 안 되면 입양이라도 하라고 권하셨다.

그때 남편은 한 치의 망설임도 없이 이렇게 대답했다.

"아버지, 무슨 말씀이세요? 저희는 이미 아름다운 세 딸이 있는데 뭐가 더 필요하겠어요?"

그런 남편이 나는 너무나도 든든하고 고마웠다.

딸들과 가족을 사랑하는 남편, 래리

갖은 노력을 다했지만 래리가 줄리의 마음을 얻기까지는 꽤 오랜 시간이 걸렸다. 시아버지도 줄리의 댄싱 리사이틀에 참석하는 등 줄리를 끔찍이 아끼고 사랑해 주셨는데 그와 별개로 래리를 대하는 줄리의 태도는 냉랭하기만 했다. 줄리와 가까워지지 못해 걱정하는 남편에게 나는 좀 시간이 걸리더라도 언젠간 당신의 진심을 알아줄 테니 너무 염려 말고 기다려 달라고 했다.

그리고 마침내 줄리의 마음이 열렸다. 대학교 입학을 앞두고 앤아버로 떠나던 날이었다. 줄리가 남편의 서재에 손으로 쓴 편지를 남긴 것이다.

"당신이 있어서 마음 편히 엄마를 맡기고 가요. 그동안 미안했어요."

남편은 편지를 읽으면서 눈물을 흘렸고, 그 편지를 책상 앞에 붙여두고 오랫동안 보고 또 봤다. 거의 2년 동안 그랬다.

어느덧 남편은 나보다 더 세 딸과 가깝게 지낸다. 요즘 나는 애들이 언제 집에 오는지 알지 못할 때도 있는데, 오히려 남편이 딸들의 스케줄을 먼저 알아 와서 이야기해 준다.

남편은 세 딸과 수시로 편하게 소통하고 이야기도 잘한다.
아버지 없이 자라서 아버지 사랑을 못 느끼고 자란 세 딸에게
좋은 아버지가 되어 준 남편에게 진심으로 감사하다.

남편은 딸뿐만 아니라 사위들과도 많은 대화를 나눈다. 특히 제이미는 래리와 장단이 맞아 정치 이야기를 많이 한다. 우리 가족 안에는 여러 당이 존재한다. 공화당도 있고 민주당도 있다. 나는 원래 자유당이었다가 남편을 따라 공화당으로 바꿨다.

우리 가족은 다문화 가족이다. 큰사위는 푸에르토리칸 아메리칸으로 뉴욕에서 태어났고, 둘째 사위는 세인트 메리스 카운티 출신의 백인이며, 셋째 사위는 한국인이다. 예전에는 이런 커플을 두고 국제결혼이라고 했는데 글로벌 시대를 맞아 이제는 그런 말이 어색한 시대가 되었다.

시아버지의 내리사랑

남편이 세 딸에게 좋은 아버지가 되어 주었듯, 나도 시아버지를 정성껏 모시려고 노력했다. 시어머니는 직장 때문에 2년 혹은 3년씩 외국에 나가 있곤 했는데 주말을 혼자 지내야 했던 시아버지는 삼사일씩 우리 집을 다녀가곤 했다.

나는 시아버지를 친아버지처럼 생각했다. 시아버지가 아침에 늦

게 일어나는 것 같으면 걱정이 되어 문 가까이 가서 숨소리를 들었다. 어디 불편한 데는 없는지, 숨은 쉬고 계신지 확인했다. 늦게 일어나셔도 잊지 않고 아침 식사를 챙겨 드렸다. 시아버지는 샤워 가운을 입은 채 식탁에 앉아 남편에 관한 비밀 이야기를 들려주시곤 했다. 아이들이 엄마에게 이런저런 일을 일러바치는 것처럼 말이다.

재밌는 것은 8남매의 막내로 태어난 내가, 호건 패밀리의 6남매 중 맏며느리가 되었다는 것이다. 나는 한국 예법에 따라 시아버지를 사랑과 존경으로 대했다. 그리고 시아버지도 그만큼 나를 사랑으로 대해 주셨다. 시아버지는 와인을 좋아하셨는데 오후가 되면 와인과 와인 푸드를 차려놓고 아버님께 해피아워를 청했다. 시아버지는 나를 늦게 얻은 딸로 생각하셨다.

시아버지께서는 2017년 4월 20일 하늘나라로 가셨다. 그날은 부활절 주일이었다. 미국에서는 특히 가톨릭 신자들 사이에서 부활절은 크리스마스 다음으로 중요한 명절이다. 그날 미국 가정에서는 온 가족이 한자리에 모여 저녁 식사를 한다.

우리 부부도 시어머니와 시아버지를 관저로 초대해 저녁 식사를 대접했다. 식사를 마친 후 모두 모여 텔레비전을 시청하는데 갑자기 시아버지께서 쓰러졌다. 뇌출혈이었다. 급히 응급실로 이송하였으나 깨어나지 못하다가 4일 만에 하늘나라로 가셨다.

살아생전 시아버지는 미국 역사와 정치에 관해 재미난 이야기를 많이 들려주셨다. 남편은 쉬지 않고 이야기하는 시아버지에게 이렇게 말했다.

"아버지, 그 이야기는 이미 백 번도 더 들었어요."

하지만 시아버지께서는 고개를 저으며 이야기를 계속했다.

"유미는 듣지 못했잖니?"

사실 나도 그 이야기를 여러 번 들었지만 시아버지를 존중하는 마음으로 귀 기울여 듣곤 했다.

주지사가 되고 나면 가족들을 관저로 초대해 아침 식사를 하는 것이 관례라고 한다. 우리도 래리의 취임식 다음 날, 시아버지를 비롯한 호건 일가를 아나폴리스 타운에 초대했다. 그때 시아버지의 뿌듯해하던 얼굴을 잊을 수가 없다.

당선 후 처음 맞는 추수감사절 때도 온 가족을 모셔 놓고 식사를 대접했다. 시아버지 로렌스 호건은 아일랜드계 이민 노동자의 가정에서 태어나 직장생활을 하는 중에도 학업을 계속하였고, FBI에 몸담았다가 마침내 연방 하원 의원에 선출되는 등 자수성가하신 분이다.

남편에게 정치를 접하게 해주었고, 집안 어른으로서 우리 부부와 세 딸의 정신적 지주가 되어 주셨다. 시아버지는 친아버지만큼 내가 사랑하고 존경하는 분이다.

우리가 서로에게 선물이 된다면

IF WE CAN BE GIFTS TO EACH OTHER

2부

끝까지 포기하지 않은 나의 꿈

나의 꿈에
다시 도전하다

나의 꿈, 미술 선생님

미술 선생님이 되고 싶었다. 학창 시절 선생님으로부터 그림을 잘 그린다고 칭찬을 많이 듣던 나는 친구들의 그림 그리는 것도 자주 도와주곤 했다. 나만 잘하는 것이 아니라 남에게 도움을 주는 일이 즐거웠다.

오상암 미술 선생님같이 되고 싶었다. 큰오빠 친구였던 오상암 선생님은 내게 그림 재주가 있다며 많은 격려를 해주셨다. 자기 그림을 그리면서 다른 이의 그림을 지도하는 미술 선생님이야말로 내가 가장 되고 싶은 사람이었다.

하지만 우리 집은 내 꿈을 뒷바라지할 만큼 사정이 여의치 않았다. 그래서 어린 나이에 결혼을 빌미로 미국 이민을 결정할 수밖에 없었다. 오로지 나의 꿈을 이루기 위해 선택한 결정이었다. 그러나 미국 생활은 내 꿈을 이룰 수 있을 만큼 녹록하지 않았다. 싱글맘이 되어 역경과 고생 가운데 세 딸을 잘 키우는 것에 모든 걸 쏟아부어야 했다.

포기할 수 없는 나의 꿈

미국에서 혼자 힘으로 세 딸을 키우면서 한 번도 나의 꿈을 포기한 적이 없었다. 세 딸이 나의 전부이고 최우선이었기에 꿈을 잠시 접어두었을 뿐이었다.

텍사스에서 로스앤젤레스로 이주해 살 때였다. 이혼 후였지만 아이들의 큰아버지가 텍사스로 우리를 불러 가게를 운영할 수 있도록 도와주었다. 그때 경제적으로 약간의 여유가 생기면서 나는 1990년 텍사스 베일러 대학에 입학했다. 1년 반 동안 세 학기를 다니며 페인팅과 드로잉을 배우고 영어 수업도 들었다. 당시, 줄리가 어려서 같이 데리고 수업을 들어야 했다. 미대 교수가 줄리를 너무나도 귀여워하던 기억이 난다.

그 후 캘리포니아로 다시 이사를 왔고, 몇 년 있다가 메릴랜드로 이주해 '메릴랜드 예술디자인대학(MCAD, Maryland College of Art and Design)'에 편입해 2년 더 미술 공부를 하고 1995년에 수석으로 졸업했다. 이후 볼티모어의 미술 명문인 '메릴랜드 예술대학교(MICA, Maryland Institute College of Art)'에 지원했다. 학교 측에서 전액 장학금을 지원하겠다고 했다. 단, 조건이 있었다. 토플 점수가 500을 넘어야 했다. 당시 내 영어 실력으로 가을 학기까지 토플 점수 500점을 만들어 낸다는 게 쉬운 일이 아니었다. 학원에 다닐 형편이 안 되어 혼자 토플 시험을 준비했다. 시험을 세 번이나 봤는데 최고 점수는 410점에 그쳤다. 시험 점수도 점수였지만 아이들 뒷바라지를 핑계로 상급 학교 진학을 포기하고 말았다.

그러나 나의 머리와 가슴에는 한순간도
꿈을 잊은 적이 없었다.
포기하지 않고 언젠가는 학교를 끝내야겠다고 다짐했다.

메릴랜드 예술디자인대학교에 다닐 때 페인팅 교수님은 나에게 그룹전에 꼭 참여하라고 했다. 그리고 무슨 일이 있어도 학교를 마쳐야 한다고 지속해서 용기를 주셨다. 교수님의 말씀대로 나는 그룹전에 참여하여 남편 래리를 만나게 되었다. 남편은 내가 미술 공부를 계속할 수 있도록 도와주었다. 그 결과 공부를 끝내고 나의 꿈을 실현할 수 있게 되었다. 미술 작가로 활동하며 학생들을 가르치는 선생님이 된 것이다.

메릴랜드 예술대학교

나이가 들어 시작한 메릴랜드 예술대학교에서의 공부, 미국 내에서도 최상위권 대학인 메릴랜드 예술대학교에서 공부할 수 있게 되었다는 것이 나는 더할 수 없이 행복했고 자랑스러웠다. 여전히 영어가 익숙지 않았고 나이도 많았지만, 지난 날의 고생이 결코 헛되지 않았다는 것을 깨닫는 시간이었다.

한국 학생들 사이에서 나는 큰언니로 통했다. 학교에 다니는 동안 그들의 이야기도 들어 주고 밥도 사 주는 등 언니 노릇을 했다. 그들과는 자주 연락하며 가깝게 지내고 있다.

남보다 늦게 시작했기에 더 많이 노력했다. 항상 교수님보다 먼저 강의실에 도착했고 수업 준비도 철저히 해갔다. 결석과 지각은 생각할 수도 없었다. 나의 노력은 헛되지 않아 생각지도 못했던 마그나 쿰 라우데(Magna Cum Laude, 우등 졸업)를 받았다.

기억에 남는 교수님이 많지만 86세까지 교직에 몸담으신 메릴랜드 예술대학교의 센지아모 교수님은 특히 잊을 수 없다. 교수님은 과제 검사를 할 때 학생들이 다섯 시간 이상의 시간과 노력을 기울인 것 같지 않으면 아예 눈길도 주지 않으셨다. 센지아모 교수님은 한국 학생들의 예의 바름을 무척 좋아하셨다.

꿈은 이루어진다

메릴랜드 예술대학교를 졸업한 후 바로 아메리칸 대학교(American University) 대학원에 입학했다. 대학원 과정 동안 조교로 경험을 쌓았는데 특히 3학기를 같이 보냈던 데보라 교수님이 기억에 많이 남는다. 교수님의 조교를 하면서 학생들을 어떻게 가르쳐야 하는지 참 많이 배웠다.

석사 학위 취득과 동시에 대학원을 졸업했고 바로 모교인 메릴랜드 예술대학교에서 후학들을 양성하게 되었다.

내가 나의 삶과 경험을 통해 얻은 것은 이것이다.

"어려워도 포기하지 마라.
늦었다고 생각하지 마라. 반드시 꿈을 이룰 수 있다."

미술 선생님
그리고
아티스트

나는 아티스트입니다

메릴랜드의 퍼스트레이디로 바쁜 일정을 보내면서도 나는 미술 선생으로서 학생들을 가르치는 일을 소홀히 하지 않았다. 사람들은 바쁜 일정 중에 어떻게 강의까지 가능하냐며 쉬엄쉬엄하라고 했다. 하지만 내 모교인 메릴랜드 예술대학교에서 후배들을 가르치는 건 오히려 내겐 휴식이었다. 그곳은 공인의 삶에서 벗어나 오롯이 나의 일에 집중할 수 있는 내 고유의 공간이었다.

나는 메릴랜드의 퍼스트레이디이기 전에 아티스트이다. 아티스트는 붓을 놓으면 안 된다고 생각하기에 잠을 줄여서라도 그림을 그리고자 했다. 적어도 일 년에 한두 차례는 개인전이든 그룹전이든 열심히 했는데 요즘에는 코로나와 델타 바이러스로 인해 잠시 미뤄둔 상태이다.

최근 '소아암 환자 돕기' 기금 마련을 위해 메릴랜드 대학교 볼티모어 캠퍼스 와이즈 갤러리에서 개인전을 열었고, '유미 호건 : 문화적 전통의 해방(Yumi Hogan: Cultural Traditions Unbounded)'이라는 주제로 메릴랜드 대학교, 메릴랜드 대학교 국제캠퍼스 '도로시 앤 헨리 로젠버그 갤러리'에서도 개인전을 가졌다. 남편을 비롯해 많은 손님이 갤러리를 찾아 축하해 주었다.

2019년에는 '예술 안의 여성, 자연과 환경에 대한 대화(Women in the Arts, A Dialogue about Nature and Environment)'라는 주제로 그리스 작가 미나 발리라키스(Mina Valyrakis)와 그리스 아테네에 있는 스토아 트 코라이 아트 갤러리에서 듀엣 전시회를 열었다. 그리스 현지 언론을 통해 미나와의 듀엣 전시회가 소개되었으며 각국 미술 애호가의 뜨거운 호응을 얻었다.

어릴 적 나의 할머니와 어머니는 누에고치에서 직접 명주실을 뽑아 그 실로 비단을 짰었다. 귀한 명주였기에 실 한 가닥 한 가닥을 조심스럽게 다루던 기억을 떠올리며 바람결에 다양한 색채의 비단 천이 하늘하늘 나부끼던 모습을 화폭에 담아 보기도 했다. 그림 배경은 한국의 내 고향과 메릴랜드의 풍경을 조화롭게 매치시켰다.

www.yumihogan.com

메릴랜드주 관저로 거처를 옮겨 온 후 밝은 방 하나를 아트 스튜디오(화실)로 꾸몄다. 나는 많은 시간을 이곳에서 보낸다. 나는 내 작품을 인터넷 홈페이지(www.yumihogan.com)를 통해 공개하고 있다.

나는 '세상의 모든 것은 다 예술'이라고 생각한다. 우리가 일상에서 만나는 그림, 사진, 조각, 음악, 영화는 물론 레스토랑에서 볼 수 있는 음식 플레이팅에 이르기까지 예술 아닌 게 없다. 나의 예술관은 이것이다.

예술은 부자, 빈자, 남녀노소, 인종을 막론하고
모두를 평등하게 한다.

예술의 힘을 메릴랜드에

나는 아티스트이자 메릴랜드의 퍼스트레이디로서 예술을 통해 메릴랜드에 기여할 방법이 없을까 고민했다. 이에 메릴랜드주 교육부와 예술위원회가 파트너십으로 2015년부터 퍼스트레이디 미술 경연 대회를 일 년에 두 차례, 봄과 가을에 주최하고 있다. 메릴랜드주 전역에 있는 공립학교 학생들이 이 대회에 작품을 출품한다.

어릴 적, 미술 선생님이라는 꿈을 통해 내가 이 자리에 있는 것처럼 나는 예술 꿈나무 육성을 중요하게 생각한다. 경연을 통해 수상한 학생들은 메릴랜드주 하원 빌딩에 작품을 전시할 기회를 얻고, 시상식에 참석해 주지사 표창장을 받는 영예를 안게 된다. 시상식이 시작되기 전에 미리 가서 갤러리를 돌아보면서 학생들과 가족들을 만나 이야기도 나누고, 기념사진 촬영도 한다. 퍼스트레이디이기 전에 '아티스트'라고 늘 이야기하는 나는 아이들이 꿈을 펼칠 수 있도록 격려하고 응원한다.

내게는 예술이 사람에게 용기와 희망을 주고 병을 치유한다는 신념이 있다. 나는 장애인이 아티스트로서 꿈을 펼칠 수 있도록 캐롤 비티가 장관으로 있는 메릴랜드 장애인국과 협력해 '정신 건강의 중요성 인식을 위한 전시회(Mental Health Awareness Exhibition)'를 매년 개최하고 있다. 마찬가지로 전시회에 참가한 학생, 가족들을 격려하고 기념사진을 촬영한다. 그들의 작품은 일정 기간 메릴랜드주 하원 의원 빌딩 1층에 마련된 갤러리에 전시된다.

메릴랜드에는 볼티모어-워싱턴 국제공항이 있는데, 이 공간을 예술의 장으로 활용하고자 '볼티모어-워싱턴 국제공항 예술위원회(BWI Art Committee)'를 만들기도 했다. 공항 이용객들이 예술품을 감상할 수 있도록 공항 내에 갤러리 공간을 만든 것이다. 작가들은 작품 소개의 기회를 얻고, 공항 이용객들에게는 예술품 감상의 기회를 제공하는 좋은 기획이었다. 전시회 개막식 때는 축사를 맡기도 했다.

미술 치료
유미 케어스
(Yumi C.A.R.E.S.)

병원에서 만난 친구들

남편 래리가 주지사에 당선된 지 얼마 안 되어 혈액암의 일종인 림프암 3기 말 판정을 받았다. 남편은 메릴랜드 대학 병원에 입원해 암의 고통과 싸웠고, 나는 정성을 다해 남편을 돌보았다. 남편의 빈자리를 채우기 위해 주지사 업무를 맡아야 할 때도 있었다. 남편이 메릴랜드 대학 병원에서 항암 치료를 받는 동안 우리는 많은 친구를 사귀었다. 래리와 나는 운동 삼아 병원 복도를 걸었는데 신생아부터 소아암 환자, 다양한 암 환자들과 그 가족들을 만날 수 있었다.

"오늘은 좀 입맛이 돌아오셨어요? 불편한 데는 없으세요?"

매일 서로의 안부를 묻는 동안 우리는 가까워졌다. 이심전심이라고 같은 병을 앓으니 소통도 잘 되었다. 우리의 이야기가 그들의 이야기였고, 그들의 이야기가 우리의 이야기였다.

입원했던 환우 중에 지미 마이릭이라는 친구가 있었다. 다운증후군과 백혈병을 앓았던 지미는 장애인 올림픽(Special Olympics)에 출전한 경력이 있었다.

"이봐요, 시장님!"

지미는 래리를 시장으로 오해했는데 그럴 때마다 남편은 너그러운 웃음으로 대꾸했다.

"오늘은 어떤가, 지미!"

늘 유쾌하던 지미가 하루는 보이지 않았다.

"선생님, 지미가 안 보이네요. 퇴원했나요?"

의료진에게 물으니 서른세 살의 나이로 하늘의 별이 되었다는 것이다. 남편은 즉시 '용기 있는 장애인 올림픽 출전 선수에게 주어지는 주지사상'을 만들어 지미의 영전에 수여했다.

이처럼 잘 알고 지내던 환자들이 갑자기 세상을 떠났다는 소식을 들을 때마다 남 일 같지 않았다. 가슴이 덜컹 내려앉다 못해 불안의 쓰나미가 우리를 덮쳤다.

줄리아나와의 우정

가장 가슴이 아팠던 것은 소아 병동에서 치료를 받는 아이들을 볼 때였다. 병상에 누워 텔레비전을 보거나 몇 개 안 되는 장난감을 가지고 노는 게 전부인 아이들, 아무런 기력이 없어 보이는 아이들, 병마와 싸우며 아파하고 고통스러워하는 아이들, 그 아이들이야말로 우리가 가장 먼저 도와야 할 대상이었다.

줄리아나 카버는 열세 살이었다. 그 아이를 처음 만난 것은 2015년 8월, 소아암 환자들과 가족들의 삶의 질 향상을 위해 많은 활동을 하는 '쿨 키즈 캠페인(Cool Kids Campaign)'의 구성원들이 주 청사를 방문했을 때였다.

줄리아나는 다섯 살 때 횡문근육종이라는 희소 암 판정을 받고 8년간 암 투병을 하고 있었다. 긴 투병 생활로 인해 제대로 성장하지 못한 줄리아나는 단지 여섯 살 정도로밖에 보이지 않았다. 나와 줄리아나는 보자마자 친구가 되었다. 줄리아나는 분홍색을 좋아하고 그림 그리기를 좋아한다고 했다. 그녀는 몸이 아픈데도 환한 미소를 잃지 않는 아이였다. 나는 그런 줄리아나가 무척 대견스러웠다.

"줄리아나, 다음에 만나면 함께 그림을 그리도록 하자!"

나는 줄리아나와의 약속을 지키기 위해 그 아이가 입원해 있는 사이나이 병원을 방문했다. 그리고 함께 그림을 그리며 즐거운 시간을 보냈다. 존과 태미는 줄리아나를 20개월 때 입양해 극진한 사랑으로 돌보아 왔다. 존은 줄리아나와 내가 함께 시간을 보내는 모습을 사진과 비디오로 남겼다. 나는 줄리아나를 만나기 위해 병원을 여러 차례 방문했다. 줄리아나의 생일 때는 분홍색과 보라색이 들어간 스카프를 선물로 가져가기도 했다.

2016년 10월, 줄리아나의 아버지 존이 줄리아나가 여덟 번째 암 재발로 다시 존스 홉킨스 대학 병원에 입원했다는 가슴 아픈 소식을 전해 왔다. 나는 줄리아나를 위해 꽁꽁 싸두었던 분홍색 이불을 들고 바로 병원을 찾아갔다. 그 이불은 서부 메릴랜드의 한 병원을 방문했을 때 얻은 것이다. 당시 그 병원에는 여러 가지 기부 물품이 전시되어 있었는데 분홍색의 손뜨개 이불이 내 눈에 들어왔다.

'줄리아나에게 가져다주면 좋아하겠다!'

그래서 병원 관계자에게 부탁했다.

"분홍색을 매우 좋아하는 친구가 있는데 선물로 주고 싶어요."

그렇게 해서 손에 넣은 이불이었다. 줄리아나는 너무나 병색이 깊어 아무것도 할 수 없는 상태였지만 내가 가져간 핑크 이불을 매우 좋아했다. 그러나 며칠 뒤 줄리아나는 하늘나라로 갔다.

10월 24일, 줄리아나의 장례식이 있었다. 줄리아나는 시추 강아지 인형을 가슴에 꼭 안은 채 마치 자는 것처럼 눈을 감고 있었다. 줄리아나가 키우던 시추 강아지가 줄리아나의 관 주변을 맴도는 모습을 보니 가슴이 더욱 아팠다.

미술 치료, 유미 케어스

얼마 후, 당시 인디애나주의 퍼스트레이디였던 캐런 펜스(그녀의 남편이 훗날 미국의 48번째 부통령이 되는 마이크 펜스이다)로부터 전화가 걸려 왔다. 소아암 환자들을 위한 미술 치료 프로그램 '트레이시스 키즈(Tracy's Kids)'에 대해 설명하면서 조지타운 대학 병원에 함께 가자는 것이다. 나는 그녀와 동행하여 병원을 방문했고, '트레이시스 키즈'의 창립자 트레이시 디 카운슬과 사무총장 맷 걸슨을 만나 미술 치료 프로그램에 대해 자세히 듣게 되었다.

그들이 내게 제안했다.

"메릴랜드주에도 미술 치료 프로그램을 도입하면 어떻겠습니까?"

나는 동의한 후 볼티모어 사이나이 병원의 '허먼 앤 월터 새뮤얼슨 소아 병동'과 연결해 주었다. 일이 성사된 후 나는 그곳을 방문해 트레이시스 키즈 미술 치료 프로그램에 참가하는 아이들을 만났다. 전미에 걸쳐 미술 치료 프로그램을 운영하는 트레이시스 키즈를 보면서 내 마음속에도 하나의 생각이 싹트게 되었다.

'내가 직접 메릴랜드주의 소아 환자를 돕는 일에 나서 보면 어떨까?'

신이 주신 달란트를 적극적으로 활용하는 것은 피조물의 의무가 아닌가? 이런저런 일들이 있은 후, 나의 마음속 깊이 미술 치료 프로그램을 해야겠다는 생각이 들었다. 미래에 오픈할 재단 이름을 고민하는 중에 주지사 공보실에서 하나의 이름을 제안했다.

'유미 케어스(Yumi C.A.R.E.S. - Children's Art for Recovery, Empowerment, and Strength)'

나를 앞에 내세우는 게 불편한 데다 미술 치료에 도움이 되는 적절한 이름으로 지어야 한다는 생각에 그것을 반려했다.

"미안하지만 다른 이름을 추천해 주셨으면 좋겠어요."

공보실에선 오히려 나를 설득했다.

"유미에는 좋은 의미가 담겨 있습니다. 결코, 사람을 앞에 세우기 위함이 아닙니다."

무슨 뜻인고 하니 '유미(Yumi)'가 'You and Me', '너와 나', 즉 '우리'의 의미로, '우리가 함께 미술 치료를 통해 소아 환자들의 회복을 돕고 힘과 용기를 북돋아 준다(You and Me Children's Art for Recovery, Empowerment and Strength)'는 뜻이라고 했다. 설명을 듣고 나니 충분히 이해가 되었다. 유미 케어스(Yumi C.A.R.E.S.)로 미술 치료 프로그램명을 확정하고 재단을 함께 이끌 이사회를 모집했다.

나는 가장 먼저 일레인 파빈스타인에게 연락해서 이 일에 참여해달라고 부탁했다. 일레인은 나와 오랫동안 가깝게 지낸 사이인 데다 메릴랜드 대학 이사회 소속이었다. 메릴랜드 대학 아동 병원은 유미 케어스 시범 병원이기도 했으니 그녀를 이사로 모시면 천군만마를 얻는 셈이었다. 일레인은 흔쾌히 승낙해 주었고, 끝까지 함께하기로 다짐했다.

법률 자문으로는 카빌 콜린스가 함께해 주기로 했다. 그 밖에 본인이나 가족, 가까운 주변인들이 암 투병을 해서 그 어려움을 아는 사람들을 위주로 재단 이사회를 구성했다. 그렇게 구성된 이들이 샤론 에이커스, 도리 비숍, 에일린 칼루치, 수지 코디시, 스티브 진, 조앤 드세사리스, 멜리사 미시 길, 낸시 그래스믹 박사, 유지니아 헨리, 바바라 코프랜드 잭슨, 케이티 제임스, 비나 말호트라, 레베카 무어, 에이프릴 나이먼, 바네사 페터라키스 스미스, 로라 토스코브, 마가렛 발렌타인 그리고 다애이나 워터맨이다. 내가 직접 한 명 한 명에게 전화해서 이사로 모신 분들이다.

2017년 9월 25일 메릴랜드 대학 아동 병원에서 소아 환자들에게 미술 치료를 제공하는 유미 케어스 재단 설립을 알리는 공식 발족식을 거행했다. 나 역시 활발하게 재단을 운영하며 관심 있는 분들과 소통하고 있다. 현장에서는 아트 테라피스트 어브리 보트가 미술 치료 프로그램을 이끌기로 했다. 어브리는 환자들과 적극적으로 소통하고 교류하며 프로그램을 이끌었다.

아이들은 암 환자로서 느끼는 복합적인 감정을 작품에 담아낸다. 이러한 미술 활동을 통해 환자들은 감정을 표현하고, 분출하고, 이야기하고, 나누는 경험을 한다. 또한 암과 싸워나가는 힘든 여정 동안 스트레스를 풀고, 마음을 다잡고 희망을 찾는다.

유미 케어스를 발족한 뒤로 나는 매일 아침 눈을 뜨면 그동안 만났던 소아암, 암 환자들의 이름을 하나하나 불러 가며 그들을 위해 기도한다.

메릴랜드 대학 아동 병원에 이어 현재 존스 홉킨스 병원에서도 '유미 케어스 미술 치료 프로그램' 도입을 논의 중이다. 메릴랜드 대학 아동 병원은 유미 케어스 펀드레이징 갈라(Fundraising Gala, 모금행사)를 2020년 4월에 개최할 예정이었으나 코로나19로 인해 2021년 10월 30일로 연기했다.

한편 '유미 케어스'는 웹사이트(www.yumicares.org)와 소셜 미디어 페이스북(facebook.com/yumicares; instagram.com/yumicares)을 만들어 다양한 정보를 제공 중이다.

우리가 서로에게 선물이 된다면

IF WE CAN BE GIFTS TO EACH OTHER

3부

퍼스트레이디
유미 호건

남편의
주지사 출마

어머니와의 마지막 시간

그때까지 나는 한 번도 내가 정치인의 아내가 될 거라는 생각을 해본 적이 없다. 결혼 당시 남편은 부동산 사업에 매진하고 있었다. 정치와는 거리가 먼 사람이었다.

2010년 새해가 밝자 남편이 주지사 선거에 나가 보고 싶은데 어떻게 생각하느냐며 넌지시 내 의향을 물어왔다. 그러나 심각하게 고민하기도 전에 그의 친구인 밥 얼릭 전 주지사가 당시 마틴 오말리 주지사에 맞서 출마 의사를 밝혔다.

메릴랜드는 워싱턴 D.C.와 인접한 지역에 연방 근로자가 많고, 주 전체에 걸쳐 아프리카계 미국인의 비율이 매우 높은 탓에 전통적으로 민주당 텃밭이었다. 그런 환경에서 밥 얼릭이 2002년 주지사 선거에서 승리를 거두었다. 래리는 친구의 재선을 적극적으로 돕기로 하고 한발 물러났다. (이 선거에서 밥 얼릭은 결국 패배했다.)

결혼 후 나는 최소한 2년에 한 번씩은 미국에서 여름방학이 시작되는 5월 중순쯤에 어머니를 뵈러 한국에 가곤 했는데 그해에는 가지 못했다. 남편이 밥 얼릭 전 주지사의 선거 기금 모금 펀드레이징 행사에 참여해야 했다.

그런데 그해 연말 불현듯 한국에 가야겠다는 생각이 들어 남편에게 이야기했다.

"한국에 계시는 어머니가 나를 기다리고 계신 거 같아요. 아무래도 그런 느낌이 들어요."

수요일 수업을 마치기가 무섭게 다음 날인 목요일 아침 한국행 비행기에 몸을 실었다. 4박 5일이라는 초단기 일정이었다. 그다음 주 수요일에 다시 수업이 있어 어쩔 수 없었다.

"어머니, 저 왔어요."

어머니는 못 올 줄 알았던 내가 나타나자 매우 기뻐하셨다. 나는 어머니의 얼굴도 닦아 드리고 로션도 발라 드리며 모처럼 딸 노릇을 했다. 오랜만에 큰언니가 해준 음식도 맛보며 자매끼리 즐거운 시간을 갖는 동안 4박 5일이 후딱 지나갔다. 공항으로 떠나는 나를 붙들고 어머니가 이렇게 말씀하셨다.

"미국에 가지 말고 여기서 같이 살자."

어머니의 연세가 어언 아흔넷이었다. 연로한 어머니를 두고 고향을 떠나오려니 발이 떨어지지 않았다. 비행기 안에서 하염없이 울었다. 그게 어머니와의 마지막이었다. 미국으로 돌아온 지 두 달 만에 어머니가 하나님 곁으로 가셨다는 소식이 들렸다.

그때 만약 어머니를 뵈러 가지 못했더라면, 내 평생 얼마나 큰 후회로 남았을까? 며칠 동안이나마 함께 있어 드릴 수 있었던 것이 참으로 다행스럽게 여겨졌다. 그날 이후 나는 시간이 날 때마다 시부모님과 교회 권사님들을 찾아뵈었다. 연세 드신 어르신들께서는 우리를 기다려 주시지 않는다는 사실을 알았기 때문이다.

언니들을 미국에 초대하다

미국에서 삼십 년 세월을 보내는 동안 형제자매를 미국에 초대한 적이 없다시피 했다. 큰오빠, 큰올케가 다녀간 게 전부였다. 나에게는 세 언니가 있는데 모두 미국 구경을 한 적이 없다. 2013년 가을, 나는 한국에 있는 큰언니, 둘째와 셋째 언니에게 전화를 걸었다.

"언니, 추석 지내고 나서 미국에 다녀가는 거 어때요? 나 사는 것도 보고, 우리 딸들이랑 사위들 얼굴도 보고."

긴 여행에 익숙지 않은 언니들은 잠시 생각해 보겠다고 했다. 자식들이 미국 여행에 필요한 서류를 만들어 주고 비행기표도 구매해 주는 등 적극적으로 도움을 주어 결국 세 언니 모두가 오게 되었다.

언니들 오는 날짜에 맞춰 직접 차를 몰고 덜레스 국제공항으로 마중을 나갔다. 이야기꽃을 피우며 집에 도착했을 때 에지워터의 우리 집을 처음 본 언니들이 감탄사를 연발했다.

"얘, 니네 집이랑 정원이랑 너무 아름답다!"

우리는 집 뒤 바로(집이 바로 체서피크만과 이어지는 물가에 있으므로) 배를 세워두는 곳에서 게도 잡고, 나이아가라 폭포 관광도 다녀오고, 오션시티 콘도에도 묵는 등 좋은 시간을 보냈다. 또한, 온 가족이 참여하여 겨우내 대식구가 먹을 김장도 해치웠다.

둘째, 셋째 언니는 아무 음식이나 가리지 않고 잘 먹었지만, 큰언니는 삼시 세끼 한국 음식만 찾았다. 그래서 언니들이 머무는 동안 나는 아침 일찍 일어나 밥을 챙겨 주어야 했다. 내가 해준 음식을 처음으로 맛본 언니들이 깜짝 놀란 얼굴로 물었다.

"너 어쩜 이렇게 음식을 잘하니? 우리 자랄 적에 막내라고 손에 물 한번 안 묻히게 했는데."

요리는 사실 한국에서보다 미국 이민 와서 본격적으로 했다. 내 아이들 먹일 것을 내 손으로 만들다 보니 나름 연구도 하고 공부도 하면서 한국 음식을 익혔다. 하다가 모르는 것은 한국 큰올케에게 물어보았다.

"언니들, 저를 아직도 어린애로만 보시는 거예요? 저도 사위도 보고 나이가 있는데, 이 정도는 해야죠."

언니들은 2주간 미국에 머물면서 많이 보고, 많이 먹고, 많이 놀았다. 그렇게 언니들은 가슴 가득 즐거운 추억을 듬뿍 담아 한국으로 돌아갔다.

래리가 '체인지 메릴랜드'를 설립하다

남편은 2010년 선거를 포기했지만, 그 이후로 집을 조금씩 리모델링하면서 사람들을 초대했다. 나는 갑자기 집 안이 사람들로 북적이는 게 내심 못마땅하고 불편했지만, 남편은 나름의 뜻이 있는 것 같았다.

그러던 2011년, 남편이 메릴랜드주의 긍정적인 변화를 추구하는 민간 정치 단체이며 풀뿌리 조직인 '체인지 메릴랜드(Change Maryland)'를 설립했다. 남편은 '체인지 메릴랜드' 펀드레이징 행사를 에지워터의 우리 집 앞마당에서 여러 차례 열었다.

펀드레이징을 위해 한 번은 300명이 넘는 사람을 초대했는데, 10명씩 앉을 수 있는 원형 테이블과 야자수를 렌트하고, 음료와 다과를 준비하고, 음악도 준비해야 했다. 야외 행사였지만 모든 방문

객이 집 안에 있는 화장실을 사용해야 해서 결국은 집 안팎을 모두 청소했다. 이렇게 내가 해야 할 일들이 점점 늘어갔다.

2013년 어느 가을 저녁, 남편은 아나폴리스에 있는 한 호텔에서 '체인지 메릴랜드'를 지지하고 응원하는 모금 행사를 열었다. 1,200명에 가까운 사람들이 모이는 등 행사는 상당한 호응을 얻었다. 행사가 성공하면서 남편은 주지사 선거에 출마하기로 결심을 굳혔다.

남편이 주지사 선거에 출마하다

주지사 선거에 출마하겠노라고 말하는 남편에게 내가 물었다.

"래리, 왜 주지사 선거에 출마하려는 거죠?"

"사람들은 메릴랜드를 변화시킬 새로운 지도자를 원해요."

나는 진지하게 남편에게 다시 물었다.

"주지사가 된다면 무엇을 할 계획이에요?"

"가장 먼저 스몰 비즈니스를 활성화하겠어요."

래리는 다양한 이슈를 예로 들며 현재 메릴랜드의 경쟁력이 점점 약화되어 가고 있다고 설명했다. 남편은 메릴랜드를 변화시킬 구체적인 계획과 확고한 결심을 갖고 있었다.

"마지막으로 물을게요. 선거는 쉬운 일이 아니에요. 당신 정말 선거를 치를 자신 있어요?"

그는 자신 있게 그렇다고 말했다.

나는 남편에게 주지사 선거 출마를 승낙하며 이렇게 말했다.

"당신과 함께하고 당신을 위해 기도할게요."

그리고 본격적으로 팔을 걷어붙이고 남편의 선거 캠페인을 도왔다.

남편을 믿어준 한인 커뮤니티

정치를 잘 모르는 나였지만 남편의 친구인 밥 얼릭 전 주지사의 선거 운동을 돕는 과정에서 두 번의 펀드레이징을 경험한 적이 있었다. 여기에 미술 전공의 특기를 살려 선거 캠페인 광고를 홀로 디자인하여 지역 한인 언론에 보내는 일을 도맡았다. 초기에는 선거 캠페인 자금이 매우 부족했다. 하루는 남편이 내게 물었다.

"한인 커뮤니티에서부터 모금 활동을 벌여 나갈까 하는데 어떻게 생각해요?"

나는 좋은 생각이라고 대답했다.

2014년 1월 29일, 남편은 아나폴리스 마이크스 크랩 하우스에서 주지사 선거 출마 의사를 밝혔다. 그리고 2월 중순, 하워드 카운티 엘리콧 시티의 한 레스토랑에서 100여 명이 모인 가운데 7,800달러가 모금되었다. 시아버님과 시어머님도 오셨고, 현재 부지사인 보이드 러더포드도 함께했다. 비록 많지는 않은 금액이었지만, 캠페인의 종잣돈을 한인 커뮤니티에서 마련했다는 것에 의미가 있었다. 남편은 그 자리에서 이렇게 연설했다.

"저는 한국 사위로서 한인 커뮤니티에 대해
너무나도 잘 이해하고 있습니다. 당신들을 위해 일하겠습니다."

남편이 주지사에 당선되었을 때 나는 이렇게 말했다.

"한인이 펀드레이징을 제일 먼저 시작했으니 이 사실을 잊으면 안 돼요."

나는 남편에게 한인 장관을 꼭 세워야 한다고 강하게 밀어붙였다. 메릴랜드에는 19명의 장관이 있는데 나는 지미 리 씨를 추천하였고, 그는 메릴랜드 역사상 첫 한국계 장관이 되었다. 역사의 한 페이지를 장식한 순간이었다.

불가능한 주지사 선거, 선거 캠페인 시작

선거 캠페인을 하는 동안 수많은 일들이 있었다. 친구들도, 교인들도, 그 누구도 남편이 선거에서 당선될 것이라고 믿지 않았다. 아무도 믿어주지 않아서 더 외로운 싸움이었다. 민주당 텃밭에서 이름도 없는 부동산 사업가, 소위 '복덕방쟁이'가 공화당 주지사 후보로 선거에 나왔으니 누가 당선을 예상하겠는가?

한번은 한인 이벤트에 들러 선거 홍보물을 나누어줄 수 있도록 해달라고 청했다. 그들은 기꺼이 허락해 주었다. 하지만 지나가는 사람들은 쳐다보지도 않고 우리를 홀대했다. 그때 받은 상처가 한참을 아물지 않았다. 인정하고 싶지 않지만, 그것이 우리가 직면한 현실이었다.

모두가 남편의 당선을 믿지 않을 때 진심으로 도움을 주신 분들이 있다. 특히 스티브 곽과 수잔 곽은 우리에게 참으로 큰 선물이었다. 선거 캠페인 홍보물을 만들기 전부터 체인지 메릴랜드를 시작했을 때, 그리고 본격적인 선거 캠페인에 돌입하기까지 밤낮없이 자신들의 일을 희생해 가면서 하루 24시간이 모자라도록 도와주었다. 참 고마운 분들이다.

또한, 김형식 목사님, 백성옥 전 메릴랜드 한인회장, 여성 골프협회, 장종철 태권도 사범, 이현주, 유영위(에스더의 부친), 미세스 유(에스더의 모친), 정재석(넬리의 부친)과 그분의 친구들, 위튼교회 교인들, 대학 졸업 후 바로 선거 캠페인에 합류해서 월급도 못 받고 하포드 카운티에서 한 시간이 넘는 거리를 매일 운전해 출퇴근한 에스더 유와 동생 새라 유까지 방학을 이용해 열정적으로 우리 캠페인을 도왔다.

선거 캠페인을 하는 동안 어디든 달려가 소중한 한 표를 호소했다. 그러다 보니 목소리가 변하기 시작했다. 교회에서 성가대도 서고, 솔리스트 앙상블에서 소프라노로도 활동할 정도로 목소리 곱다는 말을 많이 들었는데, 목이 쉬고 낫기를 반복하다 보니 나도 모르게 목소리가 걸걸해진 것이다. 한번 변한 목소리는 예전 상태로 돌아가지 않았다.

열심히 뛰어다니다 보니 한 가닥 희망이 현실이 되기 시작했다. 2014년 6월 개최된 공화당 경선에서 데이비드 크레이그 하포드 카운티 군수, 론 조지 주 하원 의원, 찰스 롤라 전 찰스 카운티 공화당 중앙위원회 의장, 이렇게 쟁쟁한 후보를 제치고 남편이 공화당 주지사 후보로 선출되었다.

래리가 공화당 경선에 승리하자 조금씩 사람들의 관심을 받게 되었다. 그는 메릴랜드주 전 지역을 직접 찾아가 발로 뛰는 선거 운동을 벌였다. 남편은 만나는 사람들과 일일이 악수하였고, 그들의 목소리에 귀를 기울였다.

우리의 자금으로 마련한 캠페인 버스에 스티브 곽이 선거 포스터와 스티커를 프린트해서 붙여 주었다. 스물세 곳의 카운티와 볼티모어시, 메릴랜드 전 지역을 다니는 동안 남편과 나는 제대로 식사도 하지 못하고 피자와 햄버거로 끼니를 때웠다. 우리는 자정이 되어서야 지친 모습으로 집에 돌아오곤 했다.

선거 운동에 매진하면서 남편의 체중이 14~18kg가량 빠졌다. 결국, 그의 노력은 헛되지 않았고 62번째 주지사 선거에서 값진 승리의 열매를 거둘 수 있었다.

한인 퍼스트레이디
내조의 여왕

한국식 내조

남편이 주지사에 당선되면서 나는 많은 것들을 포기해야 했다.
그는 나만의 남편이 아닌 메릴랜드의 남편이었다.

산적한 업무가 그를 기다리고 있었기에 단둘이 오붓한 식사는커녕 느긋하게 대화를 나눌 시간조차 없었다. 나의 가장 중요한 임무 가운데 하나가 힘들게 일하고 돌아온 남편이 조금이라도 편하게 쉴 수 있도록 해주는 것이었다. 그래서 하고 싶은 이야기가 있어도 꾹 참았다.

남편은 첫 임기 4년 동안 스몰 비즈니스 활성화, 일자리 창출, 경제 성장에 온 힘을 쏟았다. 나는 메릴랜드주의 안주인으로서 때론 삼가는 태도로, 때론 적극적으로 남편을 내조했다.

우리 부부가 2015년부터 거주한 메릴랜드 관저는 1870년에 세워졌으며, 주도인 아나폴리스에 자리 잡고 있다. 방이 54개나 될 만큼 미국 50개 주 관저들 가운데 두 번째로 규모가 큰 것으로 알려져 있다. 관저는 집이라기보다는 공공기관이나 박물관에 가깝다.

관저에는 요리사 세 명이 교대로 근무하면서 삼시 세끼를 제공해준다. 또한, 빨래와 청소를 담당하는 직원들이 따로 있어 나는 가사에서 완전히 분리되었다. 속옷 빨래까지 내놓는 것이 처음엔 익숙지 않았고, 민망하고 미안했다. 이런 극진한 대접이 고마워 나는 가사 일을 처리하는 직원들을 만나면 수시로 대충 할 것을 당부했다.

시골에서 태어나고 자란 소녀가 메릴랜드주 사상 첫 아시아계 퍼스트레이디가 되다니! 모든 게 꿈만 같고 믿기지 않았다. 미국 역사상 첫 한인 퍼스트레이디가 된 지 어언 7년이 다 되어 가는 지금도 나는 변함없이 매일 하나님께 감사 기도를 드린다.

볼티모어 폭동

남편이 주지사로 취임한 지 100일이 되기 전인 2015년 4월 25일, 볼티모어시에서 폭동이 일어났다. 아프리카계 미국인 청년 프레디 그레이가 경찰의 과잉 대응으로 구금되었다가 목숨을 잃었는데 이 사건에 대해 규탄하는 시위가 큰 폭동 사태로 번진 것이다. 약탈과 방화 피해를 입은 200여 곳 가운데 한인 업소들의 피해가 절반이 넘는 100여 곳에 달했다. 나는 한인 언론사들과 메릴랜드 한인회, 메릴랜드 식품주류협회 등과 소통하며 한인의 피해 상황을 파악했다.

한인 이민 1세대이자 최초의 한인 퍼스트레이디기도 한 나는, 힘겨운 미국 이민 생활 속에서 오직 자녀들을 교육하기 위해 밤낮 없이 헌신적으로 일하는 한인 1세대들의 피해 소식에 가슴이 너무나 아프고 염려되어서 가만히 앉아 있을 수가 없었다.

2015년 5월 5일, 한인 밀집 지역인 하워드 카운티에 소재한 가든교회에서 볼티모어 폭동 한인 피해 대책 설명회를 열었다. 대책회의 결과, 메릴랜드주 보험국을 비롯해 주 정부의 각 관련 부서 관계자들이 한인 피해 업소들에 도움을 주고 구제 방안을 제공하기로 논의했다.

남편은 볼티모어 폭동이 일어나자 주민들의 안전을 염려해 비상 사태를 선포했고, 폭동 진압을 위해 주 방위군을 투입하는 등 신속하게 대처했다. 다행히 대규모 유혈 사태 없이 볼티모어시는 평화를 되찾았다.

첫 아시아 순방지는 '한국'

볼티모어 폭동 사태가 잘 마무리되고 나서 5월 말, 아시아로 첫 해외 순방을 떠났다. 남편은 무역, 경제, 외교 협력 강화를 위한 트레이드 미션(Trade Mission) 사절단을 이끌었다. '한국 사위'인 남편과 '대한민국의 딸'인 나는 통상적인 방문 순서가 아닌, 한국을 가장 먼저 방문한 뒤 중국을 거쳐 일본에서 일정을 마무리하기로 계획을 잡았다. 전에는 중국, 한국, 일본순으로 방문이 이루어졌다고 한다.

나는 미국 역사상 최초의 한인 퍼스트레이디로서 나의 친정 나라이며 고국인 대한민국 땅을 밟게 되어 매우 자랑스럽고 설렜다. 꿈을 꾸는 것 같았다. 한국에 도착했을 때 모두가 나의 금의환향을 환영했다. 뜨거운 환호성과 따뜻한 환영 속에서 수많은 비즈니스 미팅을 했다. 한국과 메릴랜드의 교류와 협력을 다지는 뜻깊은 일정이 이어졌다. 한인 비즈니스 리더들로 손스 퀄리티 푸드의 손종락 대표 내외, 매튜 리 코비 정부조달협회장이 경제 외교 사절단과 동행했다. 우리는 한국 중소기업청을 비롯해 많은 기관, 기업들과의 교류와 협력을 도모하는 양해 각서(MOU, Memorandum of Understanding)를 체결했다.

또한, 한국어를 유창하게 잘할 뿐만 아니라 아이들의 이름에도 한국 이름을 넣을 정도로 한국 사랑이 각별했던 당시 마크 리퍼트 주한 미국 대사도 만났다. 리퍼트 대사는 우리를 위해 성대한 리셉션을 열어 주었고, 따로 주한 미국 대사 관저로 초대해 티타임을 갖기도 했다. 또한, 윤병세 외교부 장관 내외는 트레이드 미션 사절단 전원을 외교부 관저로 초대해 점심 식사를 대접해 주었다.

새벽부터 시작된 일정은 밤 늦게까지 계속되었다. 시간을 쪼개 친정 식구들을 만났지만, 눈코 뜰새 없이 바쁜 일정 때문에 점심 식사를 하는 것으로 만족해야 했다.

언니 오빠 내외, 자녀들, 손주들, 친척들이 다 모이니 100여 명 가까이 됐다. 오빠, 언니들의 자식과 그들의 자식 그리고 나의 증손자, 증손녀뻘 되는 꼬마들까지 다 모인 자리였다. 직계 가족임에도 불구하고 나는 누가 누구인지 알아보지 못했다. 열한 명의 식구가 한 방에 모여 앉아 옹기종기 아침 식사를 하던 게 엊그제 같은데 그새 열 배 가까이 불어난 것이다.

내가 미국에서 살지 않고 한국에서 살았더라면 명절과 경조사 등으로 만나 얼굴도 보고 안부도 물으며 가깝게 지냈을 텐데 하는 생각이 들었다. 뷔페 레스토랑에서의 짧은 식사 시간을 뒤로하고 우리는 다른 일정을 바삐 소화해야 했다.

그때 있었던 에피소드 하나가 떠오른다. 당시에 함께 간 경호원들이 커다란 뷔페 식당에 차려진 수많은 음식과 갖가지 디저트를 보고 감탄에 감탄을 거듭했다. 사실 그들은 신체 관리를 위해 단 음식이나 디저트를 거의 먹지 않는다.

그런데 너무나도 예쁘게 만들어진 한국 디저트에 구미가 당겼나 보다. 경호원들이 큰 용기를 내서 떡과 한과 등을 집어 먹었다. 그때 그들의 표정이란!

'이거 디저트 맞아? 한국 디저트는 보기와 다르게 많이 달지 않은 것 같아.'

이런 얼굴이었다. 미국인의 기호에 한국 디저트는 도무지 달지가 않았나 보다. 그때 같이 갔던 경호원들과 남편은 가끔 지난 에피소드를 추억하며 웃으면서 내게 이야기를 한다.

이와 달리 제이 퍼먼 박사는 한국 음식에 대해 매우 깊은 인상을 받았다고 고백했다. 소아과 전문의이자 당시 메릴랜드 볼티모어 캠퍼스 총장이었던 그는 사절단으로서 우리와 동행했다.

퍼먼 총장은 강남에 자리한 한정식 레스토랑 '필경재'를 방문해 난생처음 한국 음식을 경험했다. 나는 한식이 처음인 그를 위해 음식이 코스로 나올 때마다 자세하게 설명해 주었다. 그는 한식에 깊은 관심을 가졌고 하나하나 다 맛보며 감탄했다.

'세인트 존 프로퍼티스'를 대표해 참석했던 앤드류 라우드는 돌아오는 비행기 안에서 고추장을 넣고 밥을 비벼 먹어 모두를 놀라게 했다. 나는 미국인들이 한식 문화를 알아가고 있다는 생각에 뿌듯하기 그지없었다.

두 번째 순방지 '중국'

다음 방문지는 중국이었다. 중국 일정도 순조로웠다. 주중 미국 대사였던 맥스 바우쿠스가 주최한 만찬에 참석한 뒤 만리장성을 방문했을 때였다. 만리장성을 오르는데 갑자기 남편이 숨이 차다고 호소했다. 남편의 상태가 많이 안 좋았기에 우리는 목표했던 지점까지 가지 못하고 중도에 내려왔다. 그때는 그 이유를 알지 못했다. 단지 무리한 일정으로 남편의 체력이 많이 떨어진 것으로 생각했다.

세 번째 순방지 '일본'

일본 무역 사절단에는 특별히 수유리 어머니의 큰아들 조성대 오빠가 합류했다. 순수하게 자비를 들여 자원봉사로 도와준 것이다. 오빠는 일본어를 원어민 수준으로 했기에 아베 총리와 남편이 미팅할 때 통역을 맡아 주었다. 정말 감사할 따름이다.

일본에 대해서는 다양한 의견이 있겠지만 도시가 청결하고 타인에게 친절하다는 것은 부정할 수 없는 사실이었다. 일본은 미국과의 외교에 있어 상당히 많은 투자를 하고 있었다.

나는 아베 총리 부인의 초대로 티타임을 가졌다. 부인은 키가 훤칠하고 매우 친절한 분이었는데 드라마 '겨울연가'를 감명 깊게 보았다고 했다. 또한, 김치를 매우 좋아한다고 했다. 한국에 관심이 많은 분이라는 것을 알 수 있었다.

남편이 공식적인 일정을 소화하는 동안 나는 나대로 일본 국립 박물관을 방문하고 일본 작가를 만나는 등 문화 외교에 집중했다.

국립 박물관을 방문했을 때의 일이다. 화장실에서 손을 씻은 후 물기를 닦기 위해 종이 수건을 찾는데 어디에도 보이지 않았다.

나중에 메릴랜드-가나가와 자매 결연 위원회 의장인 키코가 말해 주기를 일본인은 환경 보호에 대한 이해가 높고 근검절약이 몸에 배어 있어 저마다 손수건을 가지고 다닌다는 것이다.

내가 화가다 보니 다양한 일정을 소화하는 중에도 일본 작가 코지 키누타니를 만났던 일이 기억에 많이 남는다. 사사에 겐이치로 주미 일본 대사의 부인 사사에 노부코의 소개로 그의 아트 스튜디오를 방문했다. 코지 작가의 대표작인 후지산 그림을 비롯해 여러 작품들을 감상했고, 그의 안내로 일본 다도 체험도 했다. 코지 작가의 작품은 주미 일본 대사관에도 전시되어 있어 매우 친숙했다.

코지 키누타니 작가는 자신의 이름을 딴 박물관을 2019년에 개관했다. 나중에 다시 일본을 방문할 기회가 생긴다면 그 박물관에 꼭 들를 생각이다.

남편과 나는 일본 고속철도 마그레브(Maglev) 시승 체험 시간을 가졌다. 마그레브는 시속 560km로 달리는 초고속 자기 부상 열차로 '꿈의 열차'라는 별명을 갖고 있었다. 빠른 속도에도 불구하고 승차감이 아주 편안한 데에 우리 부부는 깜짝 놀랐다.

남편의 암 선고와 투병

모든 일정이 끝나고 미국으로 돌아가기 전날이었다. 아시아 순방 내내 남편이 허리 통증을 호소했는데 그날따라 유달리 통증이 심했다. 나 역시 도울 방법이 없어 반신욕을 권할 뿐이었다.

욕실에서 면도를 하던 남편이 나를 다급히 불렀다. 그리고 목 언저리를 가리켰다.

“뭔가 볼록 튀어나온 것 같지 않아요?”

맨눈으로 보기에도 목젖 있는 데에 골프공만 한 혹이 나온 게 확연히 보였다. 나는 남편에게 말했다.

“어서 비서에게 연락해서 메릴랜드로 돌아가자마자 바로 의사를 만날 수 있도록 조치하라고 하세요.”

메릴랜드행 비행기 안에서도 남편은 계속 허리가 아프다며 통증을 호소했다. 평소에 그렇게 식사를 잘하던 사람이 아무것도 입에 대지 않고 비행시간 내내 너무 힘들어했다. 불현듯 불안이 엄습했다.

메릴랜드에 도착한 후 예정대로 남편은 진찰을 받았다. 며칠에 걸쳐 주치의에서부터 시작해 각 분야의 전문의들이 돌아가며 다양한 검사들을 진행했다. 그러고 나서 남편은 나에게 할 말이 있다고 했다. 본능적으로 뭔가 심상치 않은 일이 생긴 것을 깨달았다.

남편이 어렵게 말문을 열었다.

“여보, 방금 병원에서 혈액암 판정을 받았어요.”

청천벽력 같은 말이었다. 믿어지지 않았고 믿고 싶지도 않았다. 남편의 암은 혈액암의 하나인 림프종으로 4기 직전인, 매우 공격적인 3기 말이었다. 의사 말로는 항암 치료가 필요하다는 것이다.

그토록 힘겨운 선거 캠페인을 해서 기적처럼 주지사가 되었고, 주정 운영에 온 힘을 다하고 있었는데, 주지사로 당선된 지 반 년도 안 되어 암이라니 도저히 믿기지 않았다. 나는 하나님이 원망스러웠다.

‘왜 우리에게 이런 시련을 주십니까?’

그러나 실의에 빠져 있을 수만은 없었다. 마음을 강하게 먹어야 했다. 남편에게 용기와 희망을 주고 아이들을 안심시킬 사람은 나뿐이었다.

아버지의 날(Father's Day)을 앞두고 세 딸에게 관저를 다녀가라고 연락했다. 2015년 6월 21일, 아버지의 날이었던 주말에 모두가 한자리에 모였다. 남편은 담담한 어조로 암 판정 소식을 전했다. 모두 큰 슬픔에 잠겼다. 제이미가 가장 서글프게 울었다. 아버지 없이 자란 세 딸이 최고의 아버지를 만나 이제야 행복한 가족으로 살아가게 되었는데 그 아버지를 잃게 될까 봐 너무 두려웠다.

아버지의 날이기에 우리는 시아버지도 이틀 후 초대해서 식사했다. 아들의 암 판정 소식을 듣고 시아버지도 펑펑 우셨다. 음식에는 손도 대지 않으셨다. 나는 입술을 꽉 깨물고 말했다.

"아버님, 마음을 굳게 먹기로 해요. 우리는 이겨낼 수 있어요."

남편은 암 진단을 받은 사실을 누구에게도 숨기지 않았다. 내가 남편이라면 그러지 못했을 것 같다. 남편이 정말 대단하다고 생각했다. 늘 정직하고 투명한 모습으로 일관했던 남편은 암 판정 소식을 가족에게 알린 후, 6월 22일에 기자 회견을 열어 모두에게도 같은 소식을 전했다.

남편의 암 투병과 치료

남편은 병원에 입원해서 항암 치료를 받기 시작했다. 나는 남편이 항암 치료를 받는 동안 줄곧 그의 곁을 지켰다. 둘째 딸 제이미도 일주일간 휴가를 내고 남편의 병상을 함께 지켜 주었다. 얼마나 든든하고 큰 힘이 됐는지 모른다.

어떻게든 치료 시간을 앞당기기 위해 나는 남편의 식사를 건강식으로 준비했다. 그러나 항암 치료의 후유증으로 남편은 입맛을 완전히 잃었을 뿐만 아니라 비위도 약해져 식사를 거의 하지 못했다.

하루는 너무 걱정되어 회진을 도는 담당 의사에게 물었다.

"선생님, 암을 극복하기 위해선 건강식으로 잘 먹어야 하죠?"

그러나 의사 선생님의 답변은 예상치 못한 것이었다.

"아닙니다. 지금은 무엇이든 먹는 게 중요합니다. 피자, 치킨, 햄버거 뭐라도 좋으니 환자가 원하는 음식을 주세요."

환자에게 기운이 있어야 힘든 항암 치료를 이겨낼 수 있다는 것이다. 단 음식이든 튀긴 음식이든 무엇이라도 먹어서 기운을 내라는 의사의 말에 제이미와 남편의 얼굴빛이 금세 환해졌다.

그 후 나와 제이미는 건강식을 중단하고 아이스크림, 도넛, 케이크 등 남편이 평소에 좋아하는 음식들을 원한다면 다 사다 주었다. 제이미도 아버지가 먹고 싶어 하는 음식이 있으면 인터넷으로 검색해 주문하고 픽업까지 해 왔다.

제이미와 나는 새벽 일찍부터 늦은 밤까지 남편 곁을 함께 지키다가 자정이 다 되면 관저로 돌아왔다. 환자 외에는 병원에서 잘 수 없었기 때문이다. 관저에서 밤을 보낸 우리는 다음 날 새벽에 또다시 병원으로 향하기를 반복했다. 제이미의 일주일 휴가가 끝나자 나 혼자서 남편을 돌봐야 했다.

병원 측에서 병실 옆 콘퍼런스룸을 사용할 수 있도록 배려해 주었다. 그래서 입원 중에도 남편은 직원들과 미팅 시간을 가졌다. 장관들, 주 정부 직원들과 회의를 이어가며 열심히 일하는 남편이 대단하다는 생각이 들었지만, 솔직히 암 환자가 쉬지 않고 하루 종일 일해도 되나 싶어 걱정이 앞섰다.

호건 스트롱

한인들은 물론 메릴랜드 주민들, 미국 전역에서 수많은 분이 응원 메시지를 보내 남편과 우리 가족에게 힘을 실어 주었다.

"호건 스트롱(호건은 강하다, Hogan Strong)"

사람들의 격려와 응원은 '호건 스트롱' 캠페인으로 이어졌다. 사람들은 옥수수밭에 캠페인 메시지와 주지사의 캐리커처 도안을 바탕으로 미로를 만들었다. 또한 '호건 스트롱'이 새겨진 연두색 팔찌도 하고, 티셔츠도 제작해 입었다. 메릴랜드의 어린 학생들은 고사리 같은 손으로 색칠 카드를 만들어 보내 주기도 했다.

"호건 주지사님, 쾌차하세요. (Get Well, Governor Hogan.)"

나는 환자 간호에 최선의 노력을 다하는 동시에 주지사의 빈 자리를 메우기 위해 동분서주했다. 부지사와 함께 여러 행사에 참석해 사람들을 만나고 연설을 했다. 대중 앞에서, 그것도 영어로 연설한다는 것이 두려웠지만, 방법이 없었다. 부지사가 할 일이 따로 있었고, 내가 할 일이 따로 있었다.

연설 원고는 주지사 공보실에서 써 주었지만, 나의 호흡과 리듬에 맞게 고쳐야 했다. 한 번의 연설을 위해 얼마나 많이 연습했는지 모른다. 이런 일을 거의 매일 하는 남편이 대단하게 생각되었다.

새롭게 변한 환경 속에서 나는 많은 사람을 만날 수 있었는데 동병상련의 암 환우, 환자 가족은 물론 다른 건강 문제로 힘들어하는 사람들과 그 가족들은 내게 큰 힘이 되었다. 그들 덕에 나도 희망과 용기를 잃지 않을 수 있었다.

그렇게 자신을 다잡으며 하루하루를 의연하게 보내다가도 순간순간 혹시나 남편을 잃게 되는 건 아닐까 하는 두려운 마음이 들곤 했다. 그러나 남편에게도 가족에게도 결코 내색하지 못했다. 나보다 더 힘든 것은 투병 중인 당사자였으니까.

남편은 몸이 아프니까 짜증도 내고, 화도 냈다. 나 역시 힘들고 불안하고 스트레스가 없지 않았지만 남편의 곁을 지키며 그를 안정시켰다.

남편에게는 희망을 주는 말로 한껏 위로했지만,
집으로 돌아와서는 옷장에 들어가 혼자 숨죽여 울었다.
경호원들이나 일하는 사람들이 들을까 우는 소리조차 낼 수 없었다.

그리고 드디어 6개월 만에 남편은 완치 판정을 받았다. 많은 분들의 기도와 응원 덕분이었다. 마지막 항암 치료를 마친 남편은 가족들을 동반하여 기자 회견을 열었다. 남편은 자신의 회복을 응원해준 가족과 주민 여러분에게 감사 인사를 전했다.

그때의 영상을 보면 항암 치료 후유증으로 남편은 많이 부은 모습이다. 하지만 지금은 27kg 정도 감량하여 건강하고 활기찬 모습을 유지하고 있다.

그해 우리 가족은 어느 해보다 감사하고 행복한 추수감사절을 보냈다. 퇴원 후에도 남편은 3개월, 6개월, 1년에 한 번씩 정기적으로 검사를 받았다. 그때마다 남편은 마음을 졸이는 것 같았다. 나는 "걱정하지 마세요. 아무 일 없을 거예요."라며 늘 위로해 주었다.

감사하게도 지난 5년 동안 재발하지 않아 2020년 6월 19일에 남편은 암 완치 5주년임을 발표했다. 그동안 기도해 주시고 염려해 주시고 격려해 주신 많은 분께, 무엇보다 하나님께 감사드린다.

우리가 서로에게 선물이 된다면

IF WE CAN BE GIFTS TO EACH OTHER

4부

억척 아줌마에서 메릴랜드의 엄마로

메릴랜드주 관저의
특별한 안주인

직접 요리하고 김치 담그는 관저 안주인

남편은 메릴랜드주에 긍정적인 변화와 혁신을 가져왔다는 평가를 받아오고 있다. 나는 남편에게 무엇보다 겸손할 것을 당부한다.

"초심을 잃지 마세요. 처음에 사람들과 약속했던 것을
잊지 말고 반드시 지키세요."

나는 매일 아침과 저녁에 남편이 무엇보다 정직하고 겸손한 주지사가 될 수 있기를 기도한다. 남편이 항암 치료를 받는 동안 우리는 하나님과 더욱 가까워짐을 느꼈다. 남편도 낮은 자세로 일하겠다는 각오로 집무실에 출근한다. 사람들이 코미디언 같다고 말할 정도로 남편은 관저 직원들에게 유쾌한 농담을 잘 건넨다. 남편이 많은 사람과 함께 웃고 즐겁게 지내는 모습을 보면 참 겸손한 사람이라는 생각이 든다.

사실 관저에서 생활하면 손에 물 한 방울 묻히지 않아도 될 정도로 요리사들이나 관저 직원들이 모든 가사 활동을 맡아 준다.

하지만 나는 상하 관계가 아닌 가족으로 그들을 대한다.

나는 가끔 관저 주방에 들어가 한국 요리도 하고 크리스마스 때면 쿠키 굽는 것도 거들고 설거지를 돕곤 하는데 관저에서 34년을 넘게 일한 수석 요리사 멧포드 캔비는 이렇게 말하곤 했다.

"역대 퍼스트레이디들 중에서 주방으로 들어와 팔을 걷어붙이고 요리하거나 설거지하는 퍼스트레이디는 유미가 처음입니다."

그래서 처음에는 이런 상황에 적응이 안 된 관저 직원들, 요리사들, 경호원들이 나를 부담스럽게 생각했다. 하지만 시간이 흘러 그들은 나의 진심을 알고 감사한 마음을 전해 왔다.

요리사들에게 한식 요리를 가르치기 시작하자 우리 딸들을 포함해 많은 사람이 한식 요리에 관심을 가지기 시작했다. 주지사실 공보국에서 '유미 쿡스(Yumi Cooks)'라는 동영상을 제작해서 소셜미디어와 유튜브에 올렸다. 유튜브에서 'Yumi Cooks'를 검색하면 동영상과 함께 레시피를 볼 수 있다. 아직 구독자 수가 얼마 안 되지만 포기하지 않고 업로드할 예정이다.

매년 관저에서 '바이 로컬 쿡아웃(Buy Local Cookout)' 행사를 열어 메릴랜드 농수산물로 만든 음식을 홍보한다. 나는 '기회는 이때다!' 하고 한국 음식을 만들어 선보인다. 행사 때마다 메뉴를 달리하며 김치버거, 부침개, 불고기 등을 만들었다.

첫 해에 불고기를 만들었을 때는 《워싱턴 포스트》에서, 다음 해에 김치버거를 만들었을 때는 메릴랜드의 유력 신문 《더 캐피탈》에서 관심을 갖고 보도해 주었다. 해당 기사에는 언론에 공개된 레시피대로 해서 한국 요리에 성공했다며 여러 개의 답글이 달려 있다.

관저에 가꾼 텃밭

어려서 시골에서 자란 탓인지 미국에 이민을 와서도 농촌의 정서가 사라지지 않은 듯하다. 에지워터에서 살 때도 관저에서도 나는 작은 텃밭을 가꾸었다.

사실 관저에 조성한 텃밭은 원래 꽃밭이 있던 자리였다. 그 꽃밭 한 귀퉁이에 한국 오이를 네 포기 심고, 아삭이고추는 50포기 정도 심었는데 텃밭 크기가 작다 보니 빽빽하게 심을 수밖에 없었다. 그래도 오이 덩굴이 나무 울타리를 타고 잘 올라가 굉장히 기뻤다. 아무리 바쁘더라도 물 주는 일을 잊지 않았더니 2020년에는 아삭이고추가 제법 많이 열렸다.

하루는 뒤뜰 테이블에서 김치볶음을 해서 한국 스태프들과 점심을 먹으면서 된장에 아삭이고추를 곁들였다.

"이렇게 주지사 관저에서 한국 음식을 편하게 먹을 수 있는 데는 미국에서는 오로지 메릴랜드 관저 한 군데뿐일 거예요."

내 말에 스태프들이 한바탕 웃음으로 동의해 주었다.

나는 아삭이고추, 오이 외에도 밭미나리, 깻잎, 부추 등을 텃밭에 재배한다. 미나리는 에지워터 집에서부터 키우던 것인데 조경사가 잡초인 줄 잘못 알고 다 뽑아버린 적도 있다. 그리고 정원을 관리하는 분들이 돕는 마음으로 화학 비료를 잔뜩 뿌리는 바람에 한해 농사에 지장이 생겼던 적도 있었다. 한국의 나물과 채소를 이해하지 못했던 미국인들의 실수였다. 우여곡절 끝에 재배에 성공하면 관저 식구와 직원들과 함께 그 결실을 나눠 먹곤 했다.

나는 해마다 직접 김장을 한다. 2020년에는 10월 둘째 주에 배추 서른다섯 포기를 사다가 혼자 절여서 씻었다. 다음날에는 도저히 혼자 할 수 없어 스태프들에게 도움을 요청했다. 그들에게 무채 써는 법과 양념에 버무리는 법을 가르쳐 주었더니 곧잘 따라 했다. 김장을 하고 남은 무는 큰 깍두기를 만들었더니 아주 시원하고 맛있게 익었다. 그해 크리스마스 때 스태프들에게 김치통을 가져오라고 해서 다 나누어 주고 나니 정작 얼마 남지 않았다.

미국에서 김장하는 게 어렵지 않으냐고 한국 친구나 가족들이 묻곤 한다. 김치는 김칫소만 잘 만들면 그럭저럭 맛있게 완성된다. 나의 김칫소 레시피는 다음과 같다.

우선 찹쌀죽에 다진 생새우와 한국에서 가져온 고춧가루, 젓갈을 넣어 불린다. 무, 당근, 파, 미나리, 갓은 적당한 크기로 썰고 생강과 마늘은 다진다. 양념과 채소를 한데 섞어 버무린다. 화학 조미료는 넣지 않는다.

지난번 아버지의 날을 맞아 딸들이 관저를 방문했기에 처음으로 돼지고기 수육을 만들었다. 절인 배추에 김칫소를 곁들여 내놓았더니 다들 맛있다고 감탄하며 먹었다.

남편도 맛있게 먹으며 내게 물었다.

"어, 나 이거 처음 먹는데? 왜 그동안 안 해줬지?"

"이건 한국 사람들이 좋아하는 음식이라 미국 사람들도 잘 먹을 줄 몰랐죠."

그날 이후로 절인 배추와 김칫소를 곁들인 돼지고기 수육은 우리 가족의 고정 메뉴가 되었다. 평소 우리의 주식은 양식인데 그럴 때도 김치만은 빠뜨리지 않는다. 김치냉장고를 테이블 뒤에 놓아 언제든 김치를 꺼내 먹을 수 있도록 했다. 처음에는 사람들 눈치가 보였는데 어느덧 편하게 먹게 됐다. 김치를 먹어야 밥을 먹는 것 같다.

관저의 훌륭한 스태프들

메릴랜드주의 주도인 아나폴리스, 그 도시 한복판에 관저가 자리 잡고 있다. 조용한 에지워터 사택에서 생활하다가 관저로 들어오니 구급차와 소방차 등이 수도 없이 지나다녀서 소음 때문에 잠을 제대로 잘 수 없어 힘들었다. 관저는 박물관을 연상시킨다. 곳곳에 보안 카메라(CCTV)가 설치되어 있고, 경호원들이 상주하기 때문에 다소 불편한 것이 사실이다. 처음에는 내 집같이 편안하다는 생각이 안 들었다.

일 년이 지나고 나서야 그나마 집으로 여겨지고 적응이 좀 된 것 같은 느낌이 들었다. 우리 부부의 생활 공간은 3층인데 우스운 이야기지만 처음에는 3층에도 보안 카메라가 설치된 줄 알고 행동을 조심히 했다. 혹시나 화장실에도 보안 카메라가 있으면 어쩌나 싶어 유심히 살피기도 했다. 구석구석을 조사한 결과 우리가 사는 3층과 객실이 있는 4층은 유리창 밖으로만 보안 카메라가 설치되어 있다는 것을 알게 되었다.

남편은 매일 옥외에 설치된 자쿠지에서 뜨거운 물 마사지를 하는데, 보안 카메라 때문에 수영복을 입는 것도 모자라 긴 가운을 두

르고 나간다. 아침 식사를 하려면 맨 아래층 주방으로 이동해야 해서 나는 외출하듯 옷을 단정히 차려입은 후에 내려간다. 그 시간에 관저에서 일하는 참모들과 사무실 스태프, 경호원들이 출근하기 때문이다. 매일 스무 명에서 서른 명 정도가 오가는 곳이 관저인 만큼 내 집처럼 편하게 행동할 수가 없는 것이다.

우리 부부가 처음 관저에 입주했을 때 현재 관저 부매니저로 있는 바바라가 어디서 식사를 하시겠냐고 물었다. 3층에 프라이빗 다이닝룸이 있어 어떤 주지사는 꼭 거기서만 식사했던 모양이다.

"우리는 1층 주방 식탁에서 먹겠습니다."

남편이나 나나 심플 라이프를 추구하다 보니 주방에서 먹는 게 편했다. 또한, 주방에서 식사하면 요리사들과 이야기를 나눌 수 있어 좋았다. 관저의 주인은 바뀌어도 요리사는 30년 이상을 근무하기 때문에 관저의 역사를 꿰뚫고 있기 마련이다.

수석 요리사였던 멧포드 캔비는 근면 성실이 몸에 배어 있는 사람으로 스물다섯에 관저에 들어와 쉰아홉까지 34년을 하루같이 근무했다. 그는 우리를 포함해 총 여섯 명의 주지사와 만나고 헤어졌다. 그는 못 하는 음식이 없었는데 스파게티 면을 직접 뽑았고 아이스크림도 직접 만들었다. 관저에서 사용되는 모든 요리와 다과에는 그의 손길이 닿아 있었다.

그래서 우리는 그가 해준 음식을 먹을 때마다 이런 농담을 건넸다.

"이탈리안 어머니, 코리안 어머니, 아메리칸 어머니를 다 가졌나 보네요."

나는 그에게 LA갈비, 매운 닭볶음탕, 오이무침, 부침개, 잡채 등 한식 만드는 법을 가르쳐 주었다. 역시 타고난 눈썰미의 소유자답게 바로 따라 했다. 그 결과 한식도 내가 직접 하지 않고 그에게 부탁해서 먹게 되었다. 어떤 요리는 나보다 더 한국적으로 잘했다.

수석 요리사 캔비는 현재 퇴직했다. 취미 활동인 사진을 찍으며 여가를 즐기는 중이다. 가끔 그와 전화 통화를 하면 그동안 정말 고마웠다고 감사의 인사를 전하곤 한다. 사진 찍는 솜씨도 뛰어나서 나는 그가 찍은 사진으로 크리스마스카드를 만들기도 했다. 그리고 그의 특기인 '크랩 케이크 수프' 등 몇 가지 생선 요리는 직접 전수받아 레시피를 간직하고 있다.

그가 떠난 후 세 명의 요리사가 새로 들어와 교대로 일하고 있다. 나는 그들에게도 틈나는 대로 한식을 가르쳐 준다. 그들도 한식을 제대로 배우기 위해 열심히 노력하는 중이다.

짐 매튜는 4년 동안 관저의 총매니저로 일하다가 은퇴했다. 그의 뒤를 이어 부매니저였던 루스 로드아멜이 총 매니저가 되었다. 데이빗 와이즈는 남편의 가장 친한 친구이면서 관저 관리와 유지의 운영 책임을 맡고 있다. 바바라 하워드 트로스카가 현재 부매니저를, 게일 왈튼이 오피스와 투어 매니저를 맡고 있다. 마리아, 폴리나가 관저의 청소와 빨래 등 살림을 맡아 주고, 크리스티는 바바라를 도와서 버틀러로 일하고 있다. 세 명의 요리사 알프레도, 내즈, 데니스는 모두 손발이 잘 맞고 우리를 위해 최선을 다하는 최고의 스태프들이다. 남편과 나는 늘 관저 직원들과 주 경찰 경호원들에게 감사의 말을 전한다.

관저의 빨래와 청소는 담당 직원이 맡아서 하고 있지만, 가끔 내가 팔을 걷어붙일 때도 있다. 관저 직원들은 공무원들이라서 주말에 대부분 쉬는데, 주말이면 우리 딸들과 손주들이 관저를 방문한다. 아이들이 가고 나면 나는 그들이 놀다간 자리를 정리한다. 그대로 두면 월요일에 직원들이 출근하여 치우겠지만 간단한 정리 정돈과 손빨래는 운동 삼아 내 손으로 한다.

2015년, 관저에 들어오자마자 바꾼 게 있다. 추수감사절에 직원들이 모두 쉴 수 있도록 한 것이다. 이날은 추석만큼 중요한 명절이지만 이전 주지사들은 쉬게 해주지 않았다고 한다. 우리는 일주일 전에 추수감사절을 앞당겨 지냄으로 당일에는 직원들이 가족과 함께 보낼 수 있도록 해주었다.

관저에 한국 꽃을 심다

2020년에는 유난히 관저에 공사가 많았다. 코로나19로 인해 관저 투어가 모두 취소된 틈을 타 관저 배관 공사도 하고 울타리 꽃도 새롭게 바꾸었다. 바꾸는 김에 무궁화도 새로 심고 동백꽃도 심었다. 무궁화는 대한민국의 국화이고 동백은 내 고향 남쪽나라 꽃이다.

남편의 임기가 다해서 관저를 떠나더라도 한국의 딸로서 이곳에 살았던 흔적을 남기고 싶었다. 그래서 나중에 누군가 이 꽃들을 알아 보고 한국을 떠올려 주길 바랐다.

우리나라 꽃인 무궁화를 관저에 꼭 심고 싶었다.
동백꽃은 전남 여수에서 늦겨울 추위를 뚫고 봄에 피는 아름다운 꽃이다.
이 의미를 한인 교포들이 마음으로 느낄 수 있기를 바라는 뜻에서
이 꽃들을 심고 싶었다.

주지사의 집이자 박물관인 관저를 새로이 꾸미다

메릴랜드 관저는 150년이 넘는 역사를 자랑한다. 유서 깊은 주지사 관저를 관리하고 보존하기 위해 만든 것이 메릴랜드관저보존을 위한재단(Foundation for the Preservation of Government House of Maryland Inc.)이다. 나는 퍼스트레이디로서 관저 내부를 관리하고 보존하는 프로젝트에 참여했다.

나는 아티스트로서의 역량을 발휘해 관저를 꾸미는 일에 착수했다. 관저에서 30년 이상 근무한 부매니저 바바라가 나를 도와 관저 인테리어를 바꾸고 가구도 새롭게 장만하는 일을 했다. 나는 특히 빅토리안룸을 꾸미는 일에 공을 많이 들였다. 빅토리안룸은 역대 퍼스트레이디들이 손님을 초대해 티타임을 갖던 곳이다.

나는 벽지와 카펫을 모조리 교체했는데 무엇보다 여성적인 면이 돋보일 수 있도록 핑크 계열의 색조와 웨딩드레스 느낌이 나는 패턴을 전폭적으로 활용했다. 영국에서 특별히 주문한 카펫은 이전보다 한층 밝고 세련된 느낌을 주었다.

그동안 역대 퍼스트레이디들의 초상화들이 관저 3층과 4층의 사적인 공간에 분산되어 있었다. 나는 그것들을 빅토리안룸으

로 옮겨 관저를 방문하는 이들도 역대 퍼스트레이디의 얼굴을 확인할 수 있도록 했다.

방문자들이 주지사뿐만 아니라 퍼스트레이디를 통해 메릴랜드 역사를 알고 배우면 좋겠다고 생각했다. 지난 150년 동안 한 번도 공개되지 않았던 역대 퍼스트레이디들의 초상화가 빅토리안룸에 걸리면서 방문자들의 큰 호응이 이어졌다. 세간에서도 의미 있는 변화라는 호평을 받았다. 그밖에도 관저 구석구석을 새롭게 단장했다.

미국 언론과
국민에게 주목받는
한인 퍼스트레이디

주목받는 한인 퍼스트레이디

이민 역사 118년(2021년 기준) 동안 사상 최초의 한인 퍼스트레이디이자 메릴랜드 역사상 첫 아시아계 퍼스트레이디가 된 나. 이 수식어가 나의 어깨를 무겁게도 했지만, 동시에 더없는 영광이었다.

'어떻게 해야 훌륭하게 끝맺을 수 있는가?'

내 머릿속을 맴돌던 한결같은 고민이었다.

나는 미국에서 태어나고 자란 정치가 집안의 자녀도 아니었고, 평범한 가정의 막내딸로 태어나 정치라곤 평생 남의 일로 생각하다가 퍼스트레이디가 되었다. 정치는 잘 모르지만 주어진 일을 감사함으로 감당하며 무탈하게 여기까지 왔다.

이제 남은 일 년하고 몇 개월의 임기를 마무리하고, 남편을 내조하는 일에 마지막 힘을 다하는 게 나의 의무라고 생각한다. 처음엔 모든 것이 익숙하지 않아 대중들 앞에 나서는 것이 다소 힘들고 어려웠지만 지금은 많이 편해졌다.

한국어가 모국어인 내가 영어로 연설해야 할 때도 있었고, 한국의 풍습과 다른 미국 풍습에 맞추어야 할 때도 있었다. 그 과정이 결코 쉽지만은 않았다. 하지만 이제 나도 이민 생활이 42년이 넘었다. 한국에서 태어나 자라고 보낸 세월보다 미국에서 보낸 세월이 훨씬 더 길어졌다.

여전히 한국 음식이 더 입에 맞고 나이 들수록 한국 문화가 더욱 그리워지지만, 메릴랜드 퍼스트레이디로서 우리 것만 강조할 수는 없다. 다양한 민족들과 커뮤니케이션을 해야 하고, 그들의 문화를 존중하고 인정하며 함께 어우러지는 것이 더없이 중요하다. 메릴랜드주의 안주인이자 퍼스트레이디로서 어머니의 마음으로 모든 주민들을 따스하게 품고 이해해야 한다.

다른 것은 몰라도 가장 도움을 필요로 하는 이들에게
손길을 내밀기 위해 노력했다는 것만은 자부하고 있다.

나 역시 세 딸과 사위들, 네 명의 손자 손녀를 둔 할머니로서, 대학에서는 학생들을 가르치는 선생으로서, 가정 폭력, 인신 매매의 희생자들, 약물 중독에서 회복하고자 노력하는 여성들, 저소득층 가정의 청소년과 아이들에게 특별한 관심을 기울였다.

수많은 미디어, 잡지, 텔레비전, 신문에서 퍼스트레이디 유미 호건의 이러한 노력을 조명해 주었다. 이에 더없이 뿌듯함을 느낀다.

주민들과 함께하는 크리스마스

퍼스트레이디로서 다양한 프로젝트를 진행했지만, 그중에서도 가장 큰 의미로 다가왔던 일이 있다. 메릴랜드 주의회가 열리는 주 청사 1층 공간에 메릴랜드 전역 카운티 스물세 곳과 볼티모어시 총 스물네 곳의 지역 문화와 역사를 상징하는 크리스마스트리를 장식하는 프로젝트를 기획하고 진행한 일이다.

크리스마스 가든 클럽의 멤버들은 자기 고장의 특산물, 랜드마크 등을 창의적인 방법으로 형상화해서 트리를 꾸몄다. 나무의 높이는 1.82m 미만으로 했고, 화제의 위험 때문에 전등은 켜지 않았다. 나 역시 그들 멤버들로부터 트리 장식에 관해 설명을 들으면서 메릴랜드 각 카운티의 역사에 관해 많은 것을 배울 수 있었다. 남편과 나는 가든 클럽 멤버들의 수고를 치하했다.

이것은 내가 퍼스트레이디가 되면서 본격적으로 시작한 프로젝트였기에 언론의 주목을 많이 받았다. 매해 연말이면 많은 언론이 이 독특한 크리스마스트리를 취재하기 위해 주 청사를 찾는다. 12월 연말이면 메릴랜드주 청사를 방문하는 모든 이들이 아름다운 크리스마스트리 장식을 감상하면서 각 지역의 특색, 문화, 역사도 이해하는 뜻 깊은 시간을 갖고 있다.

홀리데이 시즌인 12월 연말이 되면 주 청사 못지않게 주지사 관저도 매우 분주해진다. 1년에 한 번 주민들에게 관저를 개방하는 '홀리데이 퍼블릭 오픈 하우스' 행사가 있기 때문이다. 지난 수년간, 매번(매년) 천 명 이상이 관저를 방문했다. 눈이 오는 궂은 날씨일 때도 찾아 주었다. 관저 요리사들은 직접 구운 2만여 개의 쿠키를 선보인다.

남편과 나는 관저를 방문하는 모든 이들을 일일이 환영한다. 수많은 메릴랜드 주민들과 가족들이 찾아와 나와 남편과 사진을 찍으며 따뜻하고 즐거운 시간을 갖는다.

래리가 주지사에 취임하던 2015년부터 매년 나는 오너먼트(장식품, Ornament) 두 가지를 직접 디자인한다. 하나는 주 정부로부터 제작 비용을 지원받아 퓨터 오너먼트(Pewter Ornament)를 디자인하고 제작해서 방문객에게 무료로 선물하는 것이다. 또 하나는 남편의 임기가 시작되자마자 이사회 임원들로 꾸려 만든 관저 보존 재단(비영리 재단)에서 제작 비용을 지원하는 '파운데이션 오너먼트(Foundation Ornament)'이다. 이 역시 내가 직접 디자인한 후, 제작이 완료되면 크리스마스 때 방문객들에게 판매한다. 수익금은 다시, 재단으로 보내져 관저에 필요한 것들을 구매하고 관리하는 데 사용하게 한다.

이 크리스마스트리 장식들은 내가 해마다 관저 곳곳을 둘러보며 영감을 얻어 직접 디자인한 것들이다. 《더 캐피탈》 신문은 이것에 집중했다. 또한, 우리는 일 년 동안 주민들을 섬기며 수고한 장관들과 직원들, 각 부서의 주 정부 공무원들을 초대해 지난 추억을 나누며 한 해를 마무리한다.

연말 시즌에 내가 중요하게 생각하고 반드시 실천하는 일 중 하나가 도움이 필요한 이웃을 찾아가 크리스마스 선물을 나누는 일이다. 따뜻한 손길을 필요로 하는 아이들과 여성들이 그 대상이다. 내가 본보기가 되므로 메릴랜드에 사는 주민들이 서로 간에 마음을 나눌 수 있기를 기대하는 것이다.

소수계 이민자들의
롤 모델

소외된 이웃을 향한 봉사

나는 '관계'를 매우 중요하고 귀하게 여긴다. 퍼스트레이디로 활동하면서 가장 보람찼던 점이 무엇이냐는 질문을 많이 받는다. 이 질문에 나는 망설임 없이 이렇게 답한다.

"사람들과 만나고 소통할 수 있는 것이 가장 보람 있었습니다."

퍼스트레이디는 마음만 먹으면 얼마든 안락한 생활을 영위할 수 있는 위치다. 그러나 나는 사람들과 소통하고, 약자의 목소리에 귀 기울이며 그들을 돕는 삶을 살겠다고 다짐했기에 이를 실천에 옮기려 했다.

미국 이민 초기, 나는 이민자로서 적지 않은 어려움을 겪었다. 그런 만큼 소수자들과 소외된 이웃을 돕기 위해 애썼다. 지난 6년 동안 가정 폭력의 희생자인 여성들과 아이들, 참전 용사, 가난한 이웃, 장애를 가진 이들 그리고 아픈 사람들을 만나러 다녔다.

따뜻한 손길이 필요한 곳 가운데 '장애인을 위한 연맹(1927년도 설립)'은 장애인의 권익을 옹호하고 그들의 삶의 질을 높이는 것을 목적으로 한다. 나는 이곳에서 미술 수업을 진행했다. '메이크 스튜디오'에서도 장애인들을 위한 미술 수업을 진행하고 그들의 작품 세계를 관람할 수 있도록 하고 있다. 그리고 아나폴리스 '웰니스 하우스'를 방문해 암 환자들에게 그림을 가르쳐 주기도 했다.

'새라스 하우스'는 가정 폭력 피해자인 여성들과 아이들이 머물 수 있는 쉼터다. 나는 이곳을 여러 차례 방문했는데, 한 번은 크리스마스를 앞두고 방문해 아이들에게 선물 꾸러미를 안겼다. 선물상자를 열면서 해맑게 웃는 아이들을 보니 내가 더 행복해지는 느낌이었다.

얼만 하우스의 젊은 암 환자

'얼만 하우스'는 메릴랜드 혹은 전국 각지의 암 환자들이 가족과 머물며 가까운 병원에서 통원 치료를 받을 수 있도록 한 일종의 임시 거주지이다. 병원에서 멀리 떨어져 사는 환자와 가족들에게 도움을 주기 위해 설립되었다. 나는 '얼만 하우스'를 방문해 암 환자들에게 한국 음식을 선보이는 시간을 가졌다.

사우스 캐롤라이나에서 온 윌은 밝고 명랑한 성격의 청년으로 키도 크고 얼굴도 훤칠했다. 그는 한국 음식에 큰 관심을 보이며 어머니와 함께 맛있는 식사를 했다. 젊은 나이에 암이라는 큰 병이 찾아왔음에도 좌절하지 않고 씩씩하게 항암 치료를 계속해 나가는 모습이 퍽 대견했다.

또 다른 젊은 암 환자 스펜서 버틀러는 아버지의 뒤를 이어 주 경찰관으로 근무하다가 20대 초반에 암 판정을 받은 친구였다. 내가 찾아갔을 때만 해도 괜찮았는데, 안타깝게도 2020년 1월에 우리 곁을 떠났다. 한국 음식을 좋아해 다음 번에는 다른 메뉴를 대접하겠다고 했는데 운명은 다음 만남을 허락하지 않았다. 그는 촉망받는 젊은 주 경찰관으로, 자상한 아들이자 오빠로 따뜻한 마음을 가지고 가족과 주민들을 위해 헌신하며 살았던 청년이었다. 너무 이른 나이에 우리 곁을 떠났지만 하늘나라에서 못다 한 꿈을 이루기를 기도한다.

스펜서의 부모님은 경찰관들과 암 환자들을 위한 활동을 이어나가며 스펜서의 이야기를 통해 용기와 희망의 메시지를 전하는 일을 한다. 그가 떠나기 직전, 남편이 병문안 갔을 때 스펜서의 의식이 없어 그와 작별 인사를 나누지 못했다고 한다.

남편이 험난한 암 투병의 과정을 겪었기에 나는 누구보다 그들의 마음을 잘 안다. 그들을 대하는 내 마음이 얼마나 진심인지 그들도 잘 알았다. 나는 암 환자는 물론 가족들과도 지속해서 소통을 이어가고 있다.

장애인 올림픽 선수들과 노숙자 참전 용사들

미국에서는 해마다 장애인 올림픽(Special Olympics)이 열린다. 나는 이 대회에 출전하는 메릴랜드 대표 선수들에게 희망의 메시지를 전하고 이들을 격려하는 일을 계속했다. 장애를 넘어 인간의 한계에 도전하는 그들을 보면서 내가 더 많이 배운다. 2020년에는 코로나19 때문에 직접 함께하지 못했지만, 비디오 메시지를 보내 주었다.

"여러분, 그동안 닦아온 기량을 맘껏 발휘하세요. 한계는 없습니다. 절대 포기하지 마세요!"

'사우스 볼티모어 스테이션'은 머물 곳이 없어 노숙하는 참전 용사들의 쉼터이다. 나는 이곳을 방문해 직접 불고기샌드위치를 만들어 대접했다. 체구가 작은 내가 거침없이 크고 뜨거운 불판을 다루는 것을 보고 그곳의 요리사들과 관계자들은 매우 놀라워했다.

불고기샌드위치는 참전 용사들에게 큰 호응을 얻었다.

"불고기는 한국의 전통 음식입니다. 한국에서는 불고기를 이용한 피자, 샌드위치가 큰 인기를 얻고 있습니다. 젊은 친구들이 아주 좋아하는 음식이죠."

참전 용사들이 식사하는 동안 나는 자연스럽게 불고기에 대한 설명을 이어 나갔다. '미국 역사상 최초의 한인 퍼스트레이디', '메릴랜드 역사상 첫 아시아계 퍼스트레이디'는 나를 항상 따라다니는 수식어다. 한인 퍼스트레이디로서 나는 한국 음식을 알리는 일과 봉사를 동시에 진행하고 있다.

또한, 한인들뿐만 아니라 아시아계, 히스패닉계 등 다양한 배경을 가진 소수계 이민자들에게 '희망'과 '용기'의 아이콘이 될 수 있도록 노력한다. 소수계 이민자의 목소리에 귀를 기울이고 그들의 다양성을 존중하며 커뮤니티를 방문해 교류하고 소통한다. 그들은 자신과 같은 이민자인 나를 언제나 반겨 주고, 내 이야기에 공감해준다. 동질감이란 이처럼 중요하다.

아시안 커뮤니티의 음력설

아시안 커뮤니티는 매년 음력설을 기념하고 축하한다. 메릴랜드주는 음력설을 법적 제정일로 기념하고 있다. 이에 음력설을 맞아 해마다 아시아계 지도자 200여 명을 관저로 초청, 자축의 시간을 갖고 있다. 보통 아시아계 주 의원들을 비롯한 한국계, 중국계, 베트남계 등으로 이루어진 주지사 아태계 자문위원회(Governor's

Commission on Asian Pacific American Affairs) 위원들이 참석한다.

음력설에 나는 한복을 곱게 차려입고 손님을 맞이한다. 남편은 음력설의 유래와 해마다 띠가 상징하는 동물의 의미 등을 내용으로 한 재치있는 연설로 웃음을 자아낸다. 2018년 평창 올림픽을 앞두고는 주미 대한민국 대사관 관계자, 미주 한인들과 함께 성공적인 올림픽을 기원하는 파이팅을 외쳤다.

《더 캐피탈》 신문의 웬디 윈터스 기자가 음력설 행사를 취재하기 위해 관저를 찾기도 했다.

"메릴랜드주 역사상 최초의 아시아계 퍼스트레이디로서 음력설에 대해 말씀해 주시겠어요? 아시아에서 음력설은 어떤 의미를 갖고 있나요?"

나는 웬디 기자의 질문에 성심껏 대답해 주었다. 그러나 남편의 주지사 활동과 아시아계 퍼스트레이디에 큰 관심을 두었던 웬디는 안타깝게도 신문사 사무실에서 벌어진 총격 사건으로 세상을 떠났다. 다섯 사람이 목숨을 잃었는데 그중의 한 명이 웬디였다. 나는 웬디의 장례식에 참석해 애도의 시간을 가졌다. 남편은 참사가 일어난 날을 '메릴랜드 언론 자유 수호의 날'로 기념하고 그들의 희생을 기억하고 있다.

매년 2월과 3월에는 평일뿐만 아니라 주말도 무척 바쁘게 보낸다. 음력설 행사가 많기 때문이다. 5월도 퍼스트레이디에게는 매우 바쁜 달이다. 매년 5월은 아태계 문화유산의 달(Asian American and Pacific Islander Heritage Month)이다. 메릴랜드주 정부도 아태계 문화유산의 달을 맞이해 미국에서 정착해 살아가는 이민자들의 역사와 문화, 공헌과 기여를 기리고 있다.

퍼스트레이디로서 다양한 커뮤니티 외부 봉사 활동(Outreach)을 하면서 느낀 바가 많다. 앞서도 말했듯 2월과 3월에는 한인들은 물론 중국계, 대만계, 베트남계가 음력설을 기념하는 다양한 행사를 개최한다. 특히 중국 커뮤니티가 주최하는 음력설 행사는 다른 국가의 행사를 다 합친 것보다 많다. 중국은 그 광대한 크기만큼이나 다양한 지역 출신의 이민자들이 미국에 살고 있기 때문이다.

워싱턴 중국계 졸업생 협회의 음력설 행사를 게이더스버그 고등학교에서 열었는데, 무려 1천 명 가까운 인원이 참석했다. 교민 1세들은 푸드 페스티벌을 열어 중국 전통 음식 문화를 알리고, 2세들은 다양한 전통 공연을 선보였다. 하워드 카운티 중국 학교가 주최하는 음력설 갈라 행사에도 참석했는데, 참석 규모가 1천 명이 넘었다.

매리어츠빌에 있는 메리어츠 리지 고등학교에서도 1천 명이 넘는 중국인이 모여 음력설 행사를 하는 모습을 지켜봤다. 중국인 1세들은 1.5세, 2세, 3세에게 중국의 전통 문화를 교육하고 전수하기 위해 심혈을 기울이고 있었다. 1세들은 차세대들을 앞에 내세우고 뒤에서 도왔는데 2세들이 영어와 중국어를 번갈아 사용하며 행사를 진행하면, 1세들은 관중석에 앉아 그 모습을 흐뭇한 표정으로 지켜보았다. 많은 인원에도 불구하고 질서 있게 행사를 추진하는 모습이 인상적이었다. 특히 미국에서 태어나고 자란 어린아이들이 각 지역의 전통 무용과 음악 공연을 선보이는 모습은 감동 그 자체였다.

존스 홉킨스 대학에서도 대만계가 음력설 행사를 열었다. 역시 2세들이 행사를 기획, 진행하고 1세들은 2세들을 격려하고 뒤에서 지켜보는 모습을 보여 주었다.

북부 몽고메리 카운티 지역 소재 클락스버그 프리미엄 아울렛에서는 무려 18개의 아태계 단체들이 합심하여 음력설 행사를 치러냈다. 자신의 단체를 앞세우기보다는 조화와 배려로써 아시아 문화를 선보일 때 나는 손바닥이 아프도록 손뼉을 쳤다. 중국계, 대만계뿐만 아니라 이슬람계로부터도 우리 한인 커뮤니티가 배워야 할 점들이 많다고 생각했다.

우리는 한국인입니다

'내셔널 센터' 창립식에 초대받아 연설했다. '세계 여성의 날'을 기념하고 여성 기업가들을 돕기 위한 행사였다. 볼티모어 이슬람 협회 주관으로 커뮤니티 센터에서 열렸는데 내가 이민자 출신 퍼스트레이디여서인지 많은 분들로부터 감동적인 연설이라는 이야기를 들었다.

이슬람 커뮤니티 역시 2세들이 주도해서 행사를 진행했다. 이들도 차세대의 정체성을 확립하고 강화하기 위해 많은 노력을 기울이고 있었다. 정치인들을 초청해 자신들의 의견을 전달하는 등 정치력 신장에도 심혈을 기울였다.

이들은 영어와 함께 이슬람 언어와 문화를 가르치는 데 많은 투자를 하고 있었다. 이들도 세계 표준인 'K-12' 교육을 따르고 있었다. 한국으로 따지면 초등학교 1학년부터 고등학교 3학년까지 12

년 간의 교육 과정을 말한다.

이날 이슬람 전통 음식을 함께 나누는 시간을 가졌다. 특유의 향신료가 많이 들어가서 우리나라 음식과는 다른 맛이었으나 우리가 김치의 얼을 지키려 하는 것처럼 그들도 그들의 음식을 통해 문화적 정체성을 지켜 나가고 있었다. 이슬람도 우리와 같은 이민자들이다. 아시안, 히스패닉 할 것 없이 이민자라는 동질감 속에서 서로의 문화를 이해하려고 노력하고 존중해야 할 것이다. 그런 점에서 이민자끼리 상대를 헐뜯고 인종 차별을 해서는 안 된다.

최근 이민자들 사이에는 미 주류 사회로의 동화가 급속하게 진행되는 분위기이다. 긍정적인 부분도 있지만, 자칫 한국의 언어와 문화를 상실하고 한국인의 정체성을 잃을까 걱정이다. 이를 막기 위해선 유대인 커뮤니티의 사례를 적극 참고할 필요가 있다.

2017년 11월에 이스라엘 연대 볼티모어에서 주최한 여성 패션쇼와 오찬 행사에 참석했다. 할머니가 된 유대인 여성들이 자신의 딸, 손녀들과 함께 어우러져 행사를 하는 모습이 매우 인상적이었다. 유대인 학교에서는 유치원부터 고등학교까지 체계적으로 자기 나라의 언어와 문화를 가르친다. 1세대 이민자들은 유대인 커뮤니티를 적극적으로 지원할 뿐만 아니라 후세들에게 이스라엘의 언어, 문화와 전통을 교육하고 계승하는 데에 여념이 없었다.

나와 남편은 메릴랜드 유대인 커뮤니티의 대부 격인 레오나드 애트먼과 각별한 사이라 매년 12월이면 관저로 레니(레오나드의 별명)와 그의 부인 필리스를 초대한다. 우리는 이곳에서 유대의 명절인 하누카 행사를 열고 메릴랜드의 유대인 가족들을 초청

한다. 그들의 문화를 이해하고 배우며 또한 다른 커뮤니티와도 이를 연결하기 위함이다.

'워싱턴 메트로폴리탄 에어리어'란 미국의 수도 워싱턴 D.C.를 중심으로 한 대도시권을 일컫는다. 이 지역에는 컬럼비아구(District of Columbia)를 비롯해 메릴랜드주, 버지니아주, 웨스트버지니아주 일부가 포함된다. 말하자면 한국의 '수도권'과 비슷한 개념이다. 이 지역에 약 300여 개의 우리 한인 단체들이 있는 것으로 파악되고 있다. 한인 단체들 가운데 차세대의 활동이 어느 정도인지 다시 한 번 되돌아봐야 할 때다. 한인 1세대들이 아들딸, 손자 손녀에게 우리의 자랑스러운 언어와 문화, 전통을 교육하고 계승하려는 노력을 기울여야 한다. 한국인의 정체성을 제대로 확립시켜 주지 못한다면 얼굴 생김새만 한국인일 뿐 뿌리를 잃은 미국인이 되고 만다.

더 나이가 들기 전에, 체력적으로 덜 제한을 받을 때 차세대들을 돌봐야 한다. 1세대인 우리가 앞에서 끌어주고 뒤에서 든든하게 버티면서 후세를 잘 이끌어야 한다. 나 역시 이민자로서 40년 넘게 미국 이민 생활을 했다. 우리 한인 이민 1세들은 근면 성실한 자세로 열심히 일하면서 자리를 잡아나갔다. 자녀 교육이라면 그 어떤 고생도 마다하지 않고 희생과 헌신으로 아이들을 훌륭하게 키웠다. 이젠 훌륭하게 키워낸 우리의 자녀들에게 소중한 우리 문화를 가르쳐 물려주고 그들이 주체적으로 앞장서서 한인 커뮤니티를 이끌어나갈 수 있도록 발판이 되어 주어야 한다.

한국 이민자 차세대들의 정체성 확립과 단합 강화를 위해 우리 1세들이 함께 힘을 모아야 한다고 생각한다.

평화로운 세상을 위해

바이러스처럼 번진 폭력

팬데믹이 세계와 메릴랜드를 강타하기 시작한 시점부터 바이러스만큼이나 심각했던 것은 아시아인들을 향한 비난과 혐오였다. 중국발 바이러스라는 이유로 미국에서는 반아시안 감정이 고조되고 있었다. 이민 1세대뿐만 아니라 미국에서 태어나 중국에는 가본 적조차 없는 2세대, 3세대까지 폭언과 폭력에 시달렸다.

"네 나라(중국)로 돌아가라! 바이러스를 옮겨온 주범들, 네가 바로 바이러스다."

냄새난다며 청소용 세제를 면전에 뿌려 대는 사람, 마켓에서 장을 보는 아시아인을 향해 손가락질하는 사람, 아시아인에게는 물건을 팔지 않겠다는 상점들, 주차장에서 위협을 가하는 이들…….

팬데믹이 시작된 지 1년이 지난 시점, 아시아인을 향한 혐오와 차별은 심각한 수준에 다다랐다. 2021년 3월 괴한들이 한인, 중국계가 운영하는 편의점, 주류점을 습격해 주먹으로 사람의 얼굴을 치고 벽돌로 머리를 가격하는 일이 발생했다. 덩달아 길거리 '묻지마 폭행'의 강도도 심해졌다. 단순한 혐오를 넘어 명백히 살인 의도가 보이는 폭력들이었다. 힘없는 노인들은 더 쉽게 범죄의 대상이 되었다.

더는 남의 이야기가 아니었다. 교회 식구들이 두려움을 호소하며 내게 전화를 걸어왔다.

"여사님, 바이러스보다 인종차별주의자들의 공격이 더 무서워요. 도무지 밖으로 나다닐 수가 없어요."

아시아인 혐오는 뉴욕에서 캘리포니아에 이르기까지 미 전역에서 동시다발적으로 발생하고 있었다. 사람들은 이들의 폭력 행위를 방관했고 피해자를 도와주지 않았다. 전체적으로 미국 내 혐오 범죄가 점차 줄어들고 있는 가운데, 아시아인들을 상대로 한 폭력만은 150%나 늘어났다. 믿기 힘든 수치였지만 그것이 우리가 마주한 현실이었다.

바이든 대통령은 팬데믹 1주년을 맞아 기자 회견을 열고 바이러스로 잃은 소중한 생명을 추모하는 동시에 아시아인 혐오 범죄를 비판하고 나섰다. 나는 남편에게 퍼스트레이디로서 그리고 메릴랜드의 시민으로서 단호하게 건의했다.

"래리, 그저 두고 볼 수준이 아니에요. 당장 조처를 취해야 해요."

"맞아요. 더 이상 간과할 수 없어요."

남편은 인터뷰를 준비하면서 물끄러미 우리 가족 사진을 들여다보았다. 현실판 '모던 패밀리'라는 별칭처럼 메릴랜드의 퍼스트패밀리는 가족의 진정한 의미가 무엇인지, 서로 다른 사람들이 어울려 살아간다는 게 무엇인지 사람들에게 보여 주었다.

남편은 나와 딸들, 그리고 우리 손자와 손녀들을 통해 그 누구보다 한국계, 아시아계 주민들의 실상과 아픔을 이해하고 공감하는 사람이었다.

CNN 방송과의 인터뷰에서 남편이 공개한 우리 가족 사진은 큰 반향을 일으켰다. 장황한 말보다 한 장의 사진이 더 강력한 파급력을 발휘할 수 있었다. 남편은 "아시아계 혐오 범죄는 '반미국적'이라며 이를 당장 멈춰야 한다."라고 일침을 놓았다.

"내 아내와 딸들도 한국계입니다. 우리 막내딸 줄리는 부모인 저와 아내를 만나러 오는 것을 망설이고 있습니다. 내 딸에게는 미시간에서 메릴랜드까지 차를 이용해 이동하는 일이 굉장한 모험입니다. 남편으로서 아버지로서 그리고 메릴랜드 모든 주민을 생각하는 주지사이자 미국 사회의 한 리더로서 혐오 범죄가 절대 용납될 수 없는 일임을 밝힙니다."

장시간 운전을 하려면 주유소에 들러 기름을 넣어야 하는데, 주유소는 아시안 혐오 범죄가 빈번하게 일어나는 대표적인 장소 중 하나였다.

남편은 바이든 대통령의 아시아인 혐오 범죄 비판을 지지했다. 남편은 바이든 대통령을 제외하고 미국을 대표하는 지도자 가운데 가장 먼저 전면에 나서 혐오 범죄 문제를 지적한 사람이었다. 그렇게 남편은 다른 지도자들에게도 이 문제 해결에 동참할 것을 촉구했다.

나는 상황이 나아지길 바랐다. 하지만 이틀 후, 다시 애틀랜타에서 총성이 울렸다.

총격과 희생

조지아주 애틀랜타에서 일어난 총격은 충격 그 자체였다. 마사지 업소, 아로마 테라피 스파 등에 21세의 청년이 난입해 무차별적으로 총격을 가했고, 여덟 명이 목숨을 잃었다. 그중 여섯 명이 아시안 여성이었고, 그 가운데 네 명은 한인 여성이었다.

21세기에 미국이라는 나라에서 어떻게 이런 일이 일어날 수 있다는 말인가? 정녕 이것이 내가 꿈꾸던 미국의 모습인가? 결코 있어선 안 되는 비극적인 사태 앞에서 내 가슴은 미어터지는 것 같았다. 자신의 일터에서 희생당한 한인 여성들 역시 누군가의 엄마였고 자매였으며 가족을 위해 열심히 살아가던 이민자였다. 그들의 삶이 어떠했을지는 누구보다 내가 잘 알고 있다. 그랬기에 마음이 더 아팠다.

전국적으로 이들을 추모하는 열기가 뜨거운 가운데 나의 방문을 기다리는 사람들이 늘어났다. 나는 나를 부르는 모든 곳으로 달려가 함께 슬픔을 나누고, 두 손을 꼭 잡고 위로하고 싶었다. 하지만 몸이 하나다 보니 서한으로 위로의 마음을 전하는 데 그쳐야 했다. 그러다가 문득 한 가지 아이디어가 떠올랐다.

엘리콧 시티에서의 외침

“여보, 사람들에게 위로의 말만 전할 게 아니라 보다 강경한 어조로 입장을 밝혀야겠어요. 다시는 이런 일이 있어선 안 되잖아요.”

“그래요. 아시아계를 대표해서 확실한 ‘액션’을 취할 필요가 있어요.”

남편은 내가 결의에 찬 모습을 보인다면 모두가 움직일 것이라고 했다. 남편과 나는 메릴랜드 23개 카운티 가운데 아시아계, 한국계가 가장 많이 거주하는 하워드 카운티를 직접 찾아갔다. 그중에서도 곧 코리아타운으로 재탄생할 엘리콧 시티의 40번 도로 주변 식당, 상점가를 방문했다. 하워드 카운티, 메릴랜드주 대부분의 한인이 엘리콧 시티에 거주하고 있었다.

당일 아침, 현장에 도착하자 엄청난 플래시 세례가 우리를 맞이했다. 코로나바이러스가 여전히 기승을 부리는 상황이었지만 수많은 언론사 기자들이 마스크를 착용한 모습으로 우리를 기다리고 있었다. 워싱턴 D.C. 한국 특파원 기자들과 중국 기자들, 메릴랜드의 로컬 미 언론사들까지 대거 몰려들었다.

한 발짝 앞으로 내딛기조차 힘들 정도였지만, 언론 보도가 많이 되어야 아시안 혐오 범죄 타파에 도움이 될 것이기에 도리어 다행이라는 생각이 들었다. 우리는 예정대로 엘리콧 시티의 상인, 주민을 일일이 만나 고충을 들었고, 그 어느 때보다 수고하고 있는 경찰들과 의견을 나누었다.

그렇게 현장의 비즈니스들을 다 돌아보고 난 후, 미국 내에서 유명한 한식 고깃집인 '꿀돼지' 사장님의 배려로 식당 앞에 기자회견장을 차렸다. 하워드 카운티의 캘빈 볼 군수와 더불어 커뮤니티를 대표하는 분들도 모셨다. 종교 지도자로는 엘리콧 시티 벧엘교회의 백신종 목사님을 초대했고, 중국계 리더들도 참여토록 했다. 우리 뒤로 많은 분이 일렬로 서 있어 주었다. 참으로 든든했다.

남편이 먼저 포문을 열었다. 그리고 박수 소리와 함께 내 차례가 되었다. 나는 절실하지만 분명한 어조로 내 의견을 밝혔다.

"저는 오늘, 커뮤니티의 목소리를 높이고자 이 자리에 섰습니다. 아시아인들은 아메리칸드림을 꿈꾸며 미국에 왔고, 열심히 일했고, 아이들을 양육하는 동시에 이웃을 섬겼습니다. 우리는 사회적으로 경제적으로 미국의 도움을 받는 동시에 또 그만큼 기여했습니다. 우리 역사가 곧 미국의 역사이고, 미국의 역사가 우리 역사입니다. 하지만 오늘날 우리의 부모, 형제, 딸과 아들, 친구들이 두려움에 떨고 있습니다. 왜 그래야만 합니까? 자랑스러운 이 나라의 당당한 시민인 우리가 두려움에 떨며 살아서는 안 됩니다. 우리 모두는 미국민의 일원입니다. 이 땅은 우리 삶의 터전입니다. 그 누구도 여기를 떠나 어딘가로 돌아가라는 말을 들어서는 안 됩니다. 바로 이곳이 우리의 보금자리입니다. 혐오를 멈춥시다. 혐오가 허락되는 곳은 없습니다. 서로를 사랑합시다. 그게 아니라면 우리가 어디서 희망을 찾겠습니까! 미국이 전 세계의 선망의 대상인 이유가 무엇입니까? 바로 그토록 자랑스러워하는 다양성 덕분입니다. 이 나라를 더 강하게 만들기 위해서는 서로 사랑하고 지지해 주어야 합니다."

돌이켜보면 인종 차별은 언제나 있었다. 최근에 갑자기 일어난 일이 아니다. 그런데도 아이들을 키우며 먹고사는 데 바빴던 우리 1세대는 부당한 폭력 앞에서는 속수무책이었다. 우리가 무엇을 할 수 있었겠는가? 그러나 이제는 말해야 할 때가 되었다.

남편과 나는 중국계, 베트남계, 태국계가 운영하는 식당, 화장품 가게, 네일숍에도 들렀다. 그들은 가족과 아이들을 위해 열심히 살아가는 가장이었고 모범적인 시민이었다. 미국이라는 기회의 땅에서 내일을 꿈꾸며 성실하게 살아가는 선량한 시민이었다. 그런 분들이 단지 생김새와 피부색 때문에 폭력과 혐오의 대상으로 전락해 두려움에 떤다는 것이 믿기지 않았다. 이들이 느끼는 공포를 나는 누구보다 잘 알고 있었다. 남편과 나는 그들 앞에서 약속했다.

인종 차별 앞에 타협이란 없습니다.
우리는 결코 싸움을 멈추지 않을 것입니다.

더 이상 침묵하지 않을 것입니다

기자 회견에 대한 반향은 뜨거웠다. 남편과 내가 그렇게 첫 단추를 끼우자 메릴랜드와 미국 전역에서 아시안 혐오 범죄를 물리치기 위한 평화 시위들이 이어졌고, 한인 커뮤니티도 스스로 적극적으로 나서기 시작했다. 또한, 회견을 마친 당일, CNN으로부터 연락이 왔다. 나의 인생 이야기를 조금 더 들려주면서 아시아계 혐오 사태에 대한 내 메시지를 전국적으로 내보내자는 제안이었다.

'더 이상 침묵하지 않을 것입니다.'라는 제목의 내 CNN 기고는 날개를 단 듯 전역으로 퍼져 나갔다. 각 주의 주지사들과 퍼스트레이디들도 내게 연락을 해왔다.

41년 세월을 미국 이민자로 살면서 하루에 십수 시간을 일했던 기억, 오롯이 딸들을 키우는 데 모든 힘을 쏟았던 내 지난날의 이야기를 꺼내 놓으며 단 한순간도 꿈을 포기하지 않았다고 담담하게 전했다. 내 인생 이야기는 곧 모든 이민자의 역사였고, 미국 역사의 일부라는 점을 강조했다. 올바른 방식으로 이 나라에 기여했고 개인적으로도 삶의 많은 것이 나아졌음에도 불구하고 40여 년간 변하지 않은 것은 우리가 긴 세월 마주해 온 각종 차별이라고 지적했다.

법과 제도도 중요하지만, 그것만으로는 이 차별을 물리칠 수 없으며, 아시아계 시민들을 여전히 외국인, 남의 나라 사람으로 여기는 무의식과 문화 자체를 바꿔야 한다고 썼다. 그저 하루 이틀 잠깐 시위한다고 해결될 문제가 아니라고 했다.

우리는 더 이상 침묵하지 않을 것이지만,
그렇다고 또 다른 폭력이나 복수심으로 대응하지 않을 것입니다.
대신 서로를 더 사랑하고 아껴주고 결속할 것입니다.

나의 CNN 기고가 아시안 혐오 반대 운동의 불씨가 되어 계속 타오를 수 있도록 하는 촉매 역할을 했다는 데 자부심과 안도감이 들었다.

함께 만들어가는 아메리칸드림

보다 근본적인 문제 해결을 위해 우리 가족들 역시 서로 모여 의견을 교환하고 방법을 생각해 보았다. 둘째 딸 제이미는 누구보다도 적극적이었다. 검사로서 강력 범죄를 많이 다룬 경험으로 또 다른 새로운 시각에서 '아시안 혐오 범죄 근절을 위한 워크그룹(Asian Hate Crimes Workgroup)' 결성을 래리에게 제안했다.

워크그룹의 취지는 검찰, 경찰, 변호사 등 법조계 인사들을 중심으로 멤버를 구성하고, 데이터와 설문 등을 참고해 실질적으로 혐오 범죄의 실태를 파악하고 이를 막을 법적, 사회적, 교육적 조처를 취하자는 목적이었다. 교사, 사업가, 종교계 인사 등 혐오 범죄 실상에 대해 조언해 줄 다른 지역 사회 리더들 역시 제이미가 찾고 추천하여 남편은 워크그룹을 출범시켰다. 의장은 전 메릴랜드 연방 검사장이었던 한국계 로버트 허가 맡았다. 미국 전국에서 이러한 성격의 워크그룹을 결성한 주는 메릴랜드가 최초였다.

워크그룹 결성을 발표하는 기자 회견 날, 나 역시 참석했는데, 한 기자가 이런 질문을 해왔다.

"아시안 혐오 범죄를 막기 위해 다른 커뮤니티와는 어떻게 일해야 할까요?"

사실 답하기 쉬운 질문이었다.

"피부색, 출신, 나이, 성별을 막론하고 모든 이가 함께 손을 잡아야 합니다. 흑인, 라티노, 아시아계가 하나 되어 연대하는 것만이 이 어려움을 헤쳐 나갈 방법입니다."

인종 차별 범죄를 막자는 건 특정 개인이나 공동체를 위한 것이 아니다. 미국에 사는, 아니 전 세계에 사는 모든 이에게 인종 차별 범죄는 바이러스보다 지독한 부조리이다. 이 부조리를 당해 마땅한 사람이 과연 어디 있겠는가? 저마다 다른 생김새와 삶의 모습을 갖고 있지만, 하늘 아래 모든 인간은 평등하므로 기본적인 권리와 안전을 보장받아야 하지 않는가?

이때부터 나는 조금 더 구체적인 생각을 전하기로 했다. 다행히

도 많은 기회가 주어졌다. 미국에서 가장 영향력 있는 매거진 중 하나인 《피플》에서도 나의 CNN 기고를 재편집해 내보냈고, 이를 보고 또한 하워드 카운티 방문 당시의 연설을 들은 이들이 여기저기서 연락해 와 인종 차별 근절에 대해 같이 논의해 주기를 원했다.

그중에서도 가장 반가운 연락은 일레인 차오 전 장관과 그 동생 앤젤라 차오로부터 왔다. 차오 장관은 8세 때 부모님을 따라 대만에서 미국으로 건너와 미국 역사상 최초로 장관 자리에 오른 아시아계 여성이었다. 그는 부시 대통령 재임 시작부터 끝까지 8년 동안 노동부 장관직을 역임했고, 트럼프 대통령 시기에는 장관 후보자 중 가장 먼저 선택을 받아 교통부를 이끌었다.

그는 커뮤니티의 영웅이자 스타이고, 모든 아시아계 젊은이들의 롤 모델이자 아메리칸드림이 무엇인지 자신의 삶으로 증명해낸 사람이라고 할 수 있다. 차오 장관은 내게 직접 전화를 걸어 자신의 여동생 앤젤라를 소개해 주며 앤젤라가 전국의 '아시아계 부호들'을 단합시켜 중요한 재단 하나를 만들었다고 했다.

이름만 대면 누구나 알 만한 훌륭한 아시아계 지도자들과 사업가들이 무려 1억 2,500만 달러(한화로 1,400억가량)를 쾌척해 미 전역 2,300만 아시아계 미국인들(미국 인구 전체의 7%가량 된다.)을 위해 인종 차별에 맞서고자 한다는 것이었다. 아시안아메리칸재단(The Asian American Foundation, TAAF)으로 불리는 의미 있는 단체에 나를 자문 위원으로 초청하고 싶다는 차오 장관과 그 동생의 제안을 나는 겸허히 받아들였다. 자문 위원 중 한국계는 많지 않아 차오 장관이 나를 적극적으로 추천했다는 이야기를 듣고 내 어깨가 다시금

무거워지는 것을 느꼈다. 이후 아시안아메리칸재단은 기금의 규모를 열 배나 늘리며 지속적으로 아시아계 커뮤니티를 위해 애쓰고 있다.

아시안아메리칸재단을 비롯해 한 달여 동안 얼마나 많은 화상 회의와 논의에 참석했는지 다 세지 못할 정도로 바쁜 날들이 이어졌다. 나는 끊임없이 외쳤다.

> "아시안 혐오 범죄 반대 운동은 단지 아시아계만을 위한 것이 아니라 우리 사회 전반, 미국의 미래가 달려 있습니다. 그렇기 때문에 우리 모두가 함께 손잡고 나아가야 합니다. 아이들에게 자신의 정체성을 숨기거나 부끄러워하지 말고 그것이 자신들의 최대 강점임을 알려 주어야 합니다. 아이들이 여러 문화를 어린 시절부터 자연스럽게 체득하여 다양성에 대한 존중과 이해가 몸에 밸 수 있도록 유치원과 학교에서부터 음식, 노래, 공연, 언어를 재미있게 가르쳐야 합니다. 또한, 무엇보다 미국이라는 나라의 당당한 시민으로 서기 위해서는 자신의 권리를 명확히 알고 시민권을 취득해 선거에 참여함으로써 목소리를 내야 합니다. 투표하지 않는 시민에게는 목소리를 낼 기회가 주어지지 않습니다."

또한, 나는 미국에 특파원으로 와 있는 한국 유수 언론의 기자들을 초대해 대한민국과도 중요한 교훈을 나누고자 했다.

"글로벌 시대에는 다른 나라, 나와 다른 사람들과 얼마나 조화롭게 살아갈 수 있느냐에 한 국가의 운명이 달려 있습니다."

대한민국도 다문화의 나라로 바뀌어 가는 전환기에 있는 만큼 미국에서 일어나는 일들을 잘 보고 배우기를 당부했다. 워싱턴 D.C.의 유명한 언론인인 한국계 앤지 고프의 인터뷰 요청에 나는 남편, 제이미와 함께 몇 시간에 걸쳐 성실히 응했다. 우리 가족의 이야기와 살면서 부딪혔던 난관들을 진솔하게 들려주며 더 많은 사람이 이 문제에 관심 갖기를 바랐다.

그렇게 눈코 뜰 새 없이 바쁜 시간을 보내고 난 7월, 미국에서 가장 인기 있는 패션 잡지 중 하나인 《인스타일(InStyle)》 뉴욕 본사 오피스로부터 연락이 왔다. 아시안 혐오 범죄에 맞서 싸운 공로를 인정해 '2021년 최고의 여성 50인' 중 한 명으로 나를 선정했다는 소식이었다. 패션 잡지인 만큼 멋진 옷을 입은 사진을 한 장 보내 달라기에 여러모로 의미가 있을 듯싶어 한복 입은 사진을 보내 주었다.

인스타일에서는 나를 인터뷰하며 나의 아메리칸드림이 무엇이냐고 물었다. 나는 이렇게 대답했다.

"오래전 미국으로 건너와 딸들이 자신의 길을 찾을 수 있도록 뒷바라지했습니다. 그 결과 그들은 아메리칸드림을 실현했습니다. 나 역시 남편을 만나 결혼하고 학교로 돌아가 공부를 마쳤습니다. 아티스트이자 교육자로서 나 역시 아메리칸드림을 실현했습니다."

그러나 메릴랜드의 퍼스트레이디이자 아시아계 커뮤니티를 대표하는 일원으로서, 또한 손자 손녀 넷을 둔 할머니로서 나의 아메리칸드림은 조금 다르다고 이야기했다.

"우리는 이민자로서 저마다의 배경, 출신, 전통, 문화를 지니고
각자의 아메리칸드림을 찾으러 이 땅에 왔지만
다 같이 공유하는 하나의 꿈이 있습니다.
바로 우리 아이들, 그리고 손자 손녀들이 평화롭고 안전하게,
행복하게 살 수 있는 사회를 만드는 것입니다."

우리가 서로에게 선물이 된다면

IF WE CAN BE GIFTS TO EACH OTHER

5부

우리는 서로에게 선물입니다

한국과 메릴랜드의 가교

한국과 메릴랜드의 가교

미주 한인 이민 역사상 최초의 한인 퍼스트레이디로서
나는 대한민국의 자랑스러운 딸임을 한 번도 잊어본 적이 없다.

"팔이 안으로 굽는다."라는 말을 인정하지 않을 수 없는데 김치냉장고를 살림살이 1호로 관저에 들인 것 역시 상징적인 의미가 강하다.

나는 한국 문화유산을 널리 알리고 한국과 메릴랜드, 한국과 미국 사이에 다리를 놓아 비즈니스와 경제 효과를 창출하는 데 주력했다.

남편이 주지사로 취임한 이후, 2016년부터 해마다 메릴랜드주 청사 2층 주지사 리셉션룸에서 '미주 한인의 날'을 기념, 선포하고 미주 한인들의 업적과 공헌을 기려 오고 있다. 대사관의 대사, 공사 혹은 총영사를 항상 초대하고, 미주 한인의 날 선언문을 발표한다.

그동안 메릴랜드 주지사들은 음력설을 맞아 아시아계 커뮤니티 리더들을 관저에 초청해서 음력설을 선포하고, 기념행사를 여는 일을 해왔다. 예전에는 중국 음식이 주를 이루고 중국계 커뮤니티 리더들이 대거 참석했지만, 2015년 우리가 임기를 시작한 해부터는 무게 중심이 한인 사회로 기울었다. 나는 직접 담근 '김치'를 선보이고, 불고기, 잡채, 부침개 등 한국 음식들로 잔칫상을 차려서 손님들을 맞이한다.

남편은 우리의 자랑스러운 문화인 '태권도'를 메릴랜드에 심자는 취지로 태권도의 날을 제정했다. 한국의 식목일인 4월 5일을 기해 해마다 '태권도의 날' 기념행사를 주 상원 빌딩에서 연다. 이날 남편은 국기원 공인 명예 9단으로 특별 격파 시범을 선보인다. 해마다 다른 기술로 격파에 도전하고 송판 개수도 늘어나는 중인데 단 한 번의 실패 없이 격파에 성공하고 있다. 그 때문에 매해 태권도의 날이 밝으면 올해는 송판을 몇 개나 격파할지 뭇 사람들의 기대가 쏠린다.

또한 '주지사배 태권도 대회'를 개최해 우수한 성적을 거둔 입상자에게 트로피를 수여해 오고 있다. 주지사배 태권도 대회는 태권도의 날 행사 이전에 지역 한인 태권도 지도자들과 협력해 개최한다.

대회 시작 전 개막 행사로 태권도 시범 경기, 개막식 축하 공연으로 사물놀이와 한국 전통 무용 공연, 부채춤 등을 선보인다. 나와 남편은 공동 명예 의장을 맡고 있는데, 한번은 주최 측의 권유로 우리 두 사람이 태권도 코치 역할을 맡아 다이내믹한 태권도 겨루기를 가까이에서 지켜보기도 했다. 정식으로 태권도 수련을 한 적은 없지만, 공동 명예 의장 자격으로 참여한 것이다. 태어나서 처음 해보는 유쾌하고 짜릿한 경험이었다.

볼티모어 폭동 이후, 한흑 갈등이 첨예화되면서 나의 아이디어로 화합의 장을 마련하게 되었다. 메릴랜드 대학교 볼티모어 캠퍼스에서 개최된 '이웃 봄 축제'가 그것이다.

한인 커뮤니티의 참여로 사물놀이와 부채춤, 화관무 등 전통 공연을 선보였으며 태권도 시범 순서도 가졌다. 또한 불고기, 잡채, 전 등의 한식을 만들어 이웃과 나누었다. '이웃 봄 축제'는 만물이 소생하는 봄날에 아시아인, 흑인, 백인이 한자리에 모여 한국 음식과 한국의 문화 공연을 즐기는 즐거운 축제의 장으로 자리매김하고 있다.

한번은 풍물패의 사물놀이 공연을 지켜보던, 당시 메릴랜드 대학 볼티모어 캠퍼스 제이 퍼먼 총장과 함께 긴 막대기로 원반을 돌리는 묘기에 즉흥적으로 참여하게 되었다. 총장님도 나도 오래 돌리지는 못했지만, 두고두고 기억에 남는 재미있는 경험이었다. 축제 기간 동안 무료 건강 검진, 법률 자문 서비스 등도 제공한다.

한국 전쟁 참전 용사 기념사업

한국 전쟁이 발발한 6월 25일, 휴전을 맞은 7월 27일, 참전 용사의 날인 11월 1일이면 워싱턴 D.C.에 있는 '한국 전쟁 참전 용사 추모 공원'에서는 다양한 행사가 열린다. 나는 한국 전쟁과 관련된 행사라면 빠지지 않고 참석해 주미 대사, 미연방 정부 관계자, 참전 용사들과 만남의 시간을 갖는다.

70여 년 전 한국 전쟁에 15,000여 명의 메릴랜드 군인이 참전했다. 그중 531명은 귀한 목숨을 잃었다. 2018년에는 대한민국을 수호해준 메릴랜드 용사들의 희생과 헌신을 기리고, 그들을 추모하며 명예를 드높이기 위해 다른 어떤 주에서도 이루어지지 않았던 한국전 참전 용사들을 위한 '웰컴 홈 리셉션'을 열었다. 남편도 함께하는 행사였다. 이제 여든에서 아흔 살이 되신 참전 용사들께서 여전히 강인한 모습으로 살아계신 걸 보고 앞으로 더 정성을 다해 이들을 모셔야겠다고 생각했다.

2019년에는 웰컴 홈 리셉션의 규모를 더 키워 메릴랜드주 상원의원 대회의실에서 행사를 열었다. 남편과 나는 대한민국의 사위이자 딸로서 150여 명의 한국전 참전 용사와 그 가족들에게 인사를 드렸다. 내가 직접 그린 그림을 참전 용사들께 선물로 드리기도 했다.

또한, 나는 매년 여름 메릴랜드 서쪽에 위치한 헤이거스 타운으로 참전 용사들을 직접 만나러 간다. 많은 분이 나이가 드셔서 두 시간 이상 떨어진 주도 아나폴리스까지 오시기가 힘들기 때문이다. 그쪽에 윤치현 한인 목사께서 운영하시는 작은 교회에서 한국전 참전 용사들과 그 가족들을 초청해 음식을 대접하는 감사 오찬 행사를 주최하셔서, 해마다 참석해 깊은 감사의 말씀을 전하는 것도 빼놓지 않는다.

2018년 4월 12일에 한국전참전용사추모재단으로부터 추모의 벽 명예 홍보 대사로 위촉을 받았다. 위촉식은 미국 국회의사당에서 열렸다. 한국전 참전 용사들의 고귀한 희생과 그 업적을 전 세계에 널리 알리고 추모의 벽 건립을 위해 명예 홍보 대사로서 최선을 다하겠노라고 다짐했다.

해당 재단은 한국전참전기념공원 내 참전 용사들의 이름을 새긴 '추모의 벽' 건립 사업을 추진해 오고 있다. 추모의 벽 건립 법안은 지난 2016년 하원과 상원의 만장일치로 채택된 다음, 오바마 대통령의 서명으로 발효됐다.

기부금 모금을 통해 사업 자금을 마련해 왔으며 2021년 5월부터 공사가 시작되었다. 당시 위촉식에는 윌리엄 웨버 대령께서 함께해 주셨는데, 대령께서는 한국 전쟁 중에 오른팔을 잃었고, 후송 중에 포탄을 맞아서 같은 날 오른쪽 다리마저 잃으신 분이다. 워싱턴 D.C. 추모 공원에 있는 19명의 동상 중 판초 우의를 입고 소총을 든 동상이 바로 그분을 모델로 한 것이다.

추모의 벽 건립 사업을 위해 2021년, 한국전 발발 71주년을 맞는 해에 메릴랜드주는 25만 불을 기부했다.

'현수의 나비' 청동 조각상

한인 입양인들과 그 가족들을 위해 한미여성재단(은영재 전 회장), 주미 대한민국 대사관과 협력하여 처음으로 연례 행사를 추진했다. 행사는 한인 입양인들에게 한인이라는 정체성을 확립하고 그들의 뿌리에 대한 이해와 교육을 제공하는 장이고, 입양 가족들에게는 감사의 마음을 표하는 동시에 한국 문화에 대한 이해를 돕는 것이다. 또한, 한식을 함께 나누고, 한국 전통 공연과 태권도 시범을 통해 한국의 맛과 멋을 함께 즐기는 문화 축제의 밤이라고 할 수 있다.

지난 2014년, 입양된 지 넉 달 만에 미국인 양아버지에게 살해된 한인 입양아 현수에 대한 기사를 읽고 매우 가슴이 아팠다. 지인인 김원숙 작가 부부가 현수를 기리며 '현수의 나비' 청동 조각상 두 개를 만들었다. 청동 조각상 한 개는 김원숙 작가 아버님과 인연이 있었던 서울 다니엘학교에 기증했고, 다른 하나는 내가 말씀드려서 메릴랜드에 기부하겠다고 하셨다.

마침 현수가 메릴랜드주에 살았고 장애도 가지고 있었다고 들었다. 현수는 몽고메리 카운티에 살았지만 그쪽에 세울 곳이 마땅치 않았다. 그래서 하워드 카운티에 소재한 특수 학교인 린우드센터에 조각상을 세울 수 있도록 주선했다.

조각상을 그냥 잔디 위에 세우는 것이 안 좋아 보였다. 학교에서는 조각상을 위한 터를 조성할 예산이 없다고 했다. 그래서 나는 규희 이슬러 여사와 같이 꽃밭을 만들 정원 터를 직접 가꾸기로 했다. 랜드 스케이프를 위한 시멘트 기초 공사는 위튼교회의 조경사 집사님께 부탁하여 저렴하게 만들었다. 개막식 때는 김원숙 작가 부부, 입양아 협회 회원 몇 분, 대사관 관계자, 하워드 카운티 캘빈 볼 군수, 한인 미디어 기자들을 초대했다.

나는 매해 봄이면 조각상 주변을 단장하는 행사를 갖고 있다. 린우드센터 학생들과 교직원, 메릴랜드 장애인국 캐롤 비티 장관이 참여하여 함께 꽃을 심고 화단을 가꾼다.

2017년 9월 경제 외교 사절단과 함께 한국을 방문했을 때, 또 다른 '현수의 나비' 조각상이 세워진 서울 다니엘학교를 방문했다. 방문한 김에 다니엘학교와 린우드센터 두 학교가 자매결연을 맺도록 주선했다. 3년 전, 다니엘학교 교장이 린우드센터에 다녀가기도 했다.

코리안 웨이 지정 그리고 코리아타운 프로젝트

메릴랜드 한인 밀집 지역인 하워드 카운티 40번 고속도로를 '코리안 웨이(Korean Way)'로 지정한 데 이어, 더 나아가 이 지역을 공식 코리아타운으로 명명하고 도로 양쪽에 한국 전통 기와 장식을 한 상징적인 조형물을 세우는 프로젝트를 적극적으로 추진 중이다. 2021년 안으로 제막식을 거행할 예정이다.

지난 2020년 11월, 나와 함께 코리아타운준비위원회 명예 의장을 맡은 하워드 카운티 캘빈 볼 군수는 함께 조형물이 들어설 자리를 탐방했고, 한국 국가 지정 장인들은 조형물에 쓰일 나무를 다듬는 작업을 직접 했다.

코리아타운준비위원회 명단은 다음과 같다.

의장 헨리 킴, 법률 자문 수 리-조, 회계 김영자, 사무총장 및 총무 박수철, 백성옥, 김은, 김인덕, 이종화, 매튜 리, 피터 리, 남정구, 신승철.

처음에는 김은 회장의 무궁화시니어센터에 신세를 많이 졌다. 코리아타운 프로젝트를 막 시작해 회의할 장소도 마땅치 않아 고생하던 때 김은 회장이 6개월간 회의 장소와 음식을 제공해 주어서 편하게 회의할 수 있었다. 김은 회장은 지속해서 코리아타운준비위원회의 위원으로 많은 도움을 주고 있다.

스포츠 교육 분야의 가교

한국의 훌륭한 스포츠 선수들이 미국에 진출함에 따라 그들을 격려하기 위해 관저에 초대해 음식을 대접했다. 2016년 볼티모어 오리올스에 김현수 선수가 입단했을 때 관저로 초대해 만찬을 열었다. 김현수와 박병호 선수를 동시에 볼티모어 오리올스 캠든 야드 야구 경기장에서 만나 격려했다. 텍사스 레인저스 추신수 선수 역시 우리가 격려를 아끼지 않았던 선수이다.

나는 내 고향 나주시와 하워드 카운티의 '하워드 커뮤니티 컬리지(HCC)'가 자매결연을 맺고, 문화 체험과 어학연수 교류를 할 수 있도록 가교 구실을 했다. 2017년 '나주시-HCC 협약'의 첫 교류 사례로 중학생 30명으로 구성된 영어 연수단이 HCC를 방문, 3주간 ESL 수업을 받았다.

이들은 매주 열두 시간 대학 어학 프로그램에 참여하였고, 존스 홉킨스 의과대학, 워싱턴 D.C., 해군사관학교를 방문했다. 또한, 볼티모어 김현수 선수와도 만남의 시간을 가진 것으로 안다. 나는 내 고향 나주에서 온 어린 학생들을 메릴랜드 주지사 관저로 초청해 즐거운 담소를 나누며 함께 다과를 나누었다.

김정숙 여사와의 만남

2017년 7월 1일 문재인 대통령과 김정숙 여사가 미국 수도 워싱턴 D.C.에 방문해 재외 동포 간담회를 가졌다. 나와 남편은 '한국 사위'와 '대한민국의 딸' 자격으로 행사에 참석했다. 행사는 캐피탈 힐튼호텔에서 열렸는데 남편과 나는 영광스럽게도 문재인 대통령 내외분 바로 옆자리에 앉게 되었다. 개그우먼 김미화 씨의 재치 있고 유쾌한 진행으로 행사 내내 화기애애한 분위기가 지속되었다.

남편은 자신이 '한국 사위'인 것과 메릴랜드주와 한국이 특별한 유대 관계를 가지고 있다는 것이 자랑스럽다고 말했다. 국기원 공인 명예 9단 태권도 유단자로 소개된 남편은 태권도 격파 시범을 보이는 행동을 취해 박수를 받았다.

정치인 남편을 가진 김정숙 여사님과 나는 많은 부분에서 공감대가 형성되었다. 한국 방문 계획도 이야기했다. 약속대로 나는 경제외교 사절단을 이끌고 그해 9월에 한국을 방문했다.

김정숙 여사님은 나를 청와대로 초청했다. 워싱턴 재외 동포 간담회에서 뵌 이후 두 달 만의 재회였다. 반갑고 기뻤다. 성악을 전공한 김정숙 여사님과 미술을 전공한 나는 예술인으로서도 공통 관심사가 많았다. 정치인 아내로서의 역할에 대해서도 많은 부분 공감했다.

김정숙 여사님은 메릴랜드주가 '미주 한인의 날'을 선포하고 '코리안 웨이'를 지정하는 등 주 차원에서 한미 양국의 교류와 관계 발전을 위해 노력하고 있다는 점을 높이 평가했다. 나도 입양아 문제, 미주 한인 사회의 주요 현안들에 대해 이야기했다.

국가 간 천연 염색 교류

당시 한국을 방문하는 중에 내 고향 나주에 있는 한국천연염색박물관을 방문했던 적이 있다. 박물관을 둘러본 나는 한국과 메릴랜드주가 천연 염색 교류를 할 수 있도록 프로젝트(Natural Dye Project)를 진행했고, 많은 성과를 내고 있다.

한국천연염색박물관 김왕식 관장과 방문단이 메릴랜드에 직접 와서 메릴랜드 상무부 산하 예술위원회, 메릴랜드 예술대학교에서 한국의 천연 염색에 대한 이해를 돕는 세미나를 열고, 직접 한국 전통 천연 염색을 시연하고 체험하는 시간도 가졌다.

이후 한국의 인디고, '쪽'을 볼티모어 소재 '공원과 사람 재단' 농장 부지에서 재배했고, 수확 시기에 맞춰 방문해 직접 참여하여 천연 염색 체험도 했다. 케네스 홀트 메릴랜드 주택과 지역 사회 발전부 장관, 벤 우 당시 상무부 차관도 함께 팔을 걷어붙이고 참여하는 열성을 보였다.

이를 계기로 한국과 메릴랜드 예술대학교 사이의 활발한 교류가 시작되어 한국 한복진흥공사가 메릴랜드 예술대학교를 방문해 한복 만드는 과정을 보여 주기도 하는 등 한국 문화와 예술이 많이 소개됐다.

메릴랜드주의 한복 입은 퍼스트레이디

미국 50개 주에서 두 번째로 큰 규모를 자랑하는 메릴랜드 관저는 그 규모도 규모지만 관저 밖에 정원도 절경을 이룬다. 나는 정원에 무궁화를 심었다. 메릴랜드 주지사 관저 안에는 김치냉장고가 있고 앞뜰에는 무궁화가 있다. 관저에 들어서면 오른쪽 벽에 역대 메릴랜드주 퍼스트레이디들의 초상화가 걸려 있다.

나는 고심 끝에 메릴랜드 관저 역사의 한 페이지에
나의 정체성과 뿌리를 보여 주고자
한복을 입은 초상화를 걸기로 했다.

관저 오른쪽 벽 공간에 이제 곧 나의 초상화가 걸리게 된다. 먼 훗날 수십, 수백 년이 지나도 관저에 방문하는 많은 사람이 메릴랜드주 퍼스트레이디들의 초상화들을 감상할 수 있고, 메릴랜드주 역사상 최초의 한인 퍼스트레이디가 있었다는 것도 알게 될 것이다.

243년 동안
재선에 성공한
두 번째 공화당 주지사

재선 캠페인

메릴랜드 주지사 재선 캠페인 활동은 4년 전에 첫 선거 캠페인 활동보다 수월했다. 하지만 긴장을 늦추지 않고 겸손한 마음으로 임했다. 나는 선거장 앞에서 직접 피켓을 들고 소중한 한 표를 남편에게 달라고 호소했다. 초선 때보다 아시아인들의 지지가 전폭적으로 늘어나서 모두 힘을 모아 펀드레이징과 선거 운동에 적극적으로 참여해 주었다.

한인 2세들의 동참

전 보좌관인 지니 공(미국에서 태어나고 자란 한인 2세)이 많이 도와주었다. 2015년부터 4년간 나와 아침저녁으로 같이 있었고, 그녀의 어머니도 알고 보니 내 고향 나주 분이었다. 지니 어머니는 지니 아버지가 세상을 떠나신 후에 홀로 외동딸 지니를 정말 훌륭하게 길러 내셨고, 바르고 곱게 키우셨다. 지니는 늘 상냥하고 공손하기에 많은 사람에게 칭송을 받았다.

우리는 재선을 위해 메릴랜드 전역을 함께 다니며 선거 캠페인을 했다. 션 음은 주지사 정책 보좌관을 거쳐 메릴랜드 교통부 고속도로관리국에서 일하고 있고, 코리아타운 프로젝트를 위해 하워드 카운티와 주 교통부를 잇는 브리지 역할을 하며 도와주고 있다. 그리고 홍은영, 구수경 등 모든 한국계 미국인 스태프들이 애써 주었다. 특별히 홍은영 씨는 첫 임기 시작 전에 캠페인 오피스에 합류해 아시안 미디어, 모든 한국 미디어를 담당했다. 그 후 주지사실에서 아시아계 미디어를 담당하는 공보관으로 4년, 내 오피스에서 비서실장으로 1년, 총 5년을 도왔다. 지금은 메릴랜드 노동부에 근무하며 예쁜 딸 올리비아와 아들 스티븐을 낳고 오손도손 잘 살고 있다. 지금도 필요하면 언제나 와서 도움을 준다. 또한, 구수경 씨도 주지사실 산하 지역사회협력국에서 공보국장을 하다가 2020년 6월 첫 주부터 내 비서실장으로 옮겨 왔다. 영어, 한국어와 더불어 중국어도 약간 하고, 여러모로 경험이 많으며 참한 데다 꼼꼼히 챙겨 주어 도움이 많이 된다. 이제는 한인 2세 등용에 대단한 자부심을 많이 느낀다.

한인 2세들이 주 정부 경험을 통해 앞으로 커뮤니티에 큰 목소리를 내고 우리 사회를 이끄는 데 큰 역할을 해주기를 바라는 마음이다. 이렇게 한인 1.5세와 2세들은 캠페인 기간 동안 온 힘을 다해 함께 재선을 위해 동참해 열심히 해주었다. 지난 4년간 남편이 훌륭히 주정을 이끌어 오고 아시안 커뮤니티를 진심으로 위하는 모습을 본 사람들, 남편 옆에서 최선을 다하고자 노력한 내 모습을 본 사람들이 나서 주었다. 아시아 이민자들과 차세대들에도 이 경험은 소중한 것이었다. 그간 풀뿌리 선거 운동이나 투표 등을 통해 자신의 정당한 권리를 행사하는 데 소극적이었던 이들이 남편의 비전을 믿고 지지하겠다는 결심으로 뭉쳐 목소리를 내기 시작한 것이다.

게이더스버그의 중국 레스토랑에서 개최한 '래리 호건을 지지하는 아시아인 펀드레이징'은 처음에 우려했던 것과는 달리 대성

황을 이루었다. 예상을 뛰어넘어 무려 700여 명에 달하는 사람들이 한데 모여 남편의 이름을 외쳤다. 《워싱턴 포스트》에도 대서 특필할 정도로 보기 드문 소수계 정치 참여의 현장이었고, 성공적인 캠페인 이벤트였다.

래리 호건 주지사 재선에 성공하다

2018년 11월 6일, 공화당 소속 주 상하원 의원들과 군수들이 대거 낙선한 가운데서도 남편은 메릴랜드주 역사 243년 동안 두 번째로 재선에 성공한 공화당 주지사라는 새로운 역사를 썼다. 당파를 가리지 않고 메릴랜드 주민들과 아시아인들이 남편을 선택했다. 공화당 지지자뿐만 아니라 다수의 민주당원들도 남편을 뽑아 주었다. '호건을 위한 민주당원 모임'이라는 그룹이 있을 정도였다. 이기기 어렵다는 하워드 카운티에서도 승리했다. 하워드 카운티 승리 뒤에는 한국 분들이 계셨다. 메릴랜드주 내에서 한국 분들이 가장 많이 거주하는 지역이라 모두 남편을 지지해 준 것이다. 몽고메리 카운티에서도 2014년보다 훨씬 높은 지지율로 당선되었는데 아시아계 커뮤니티의 도움이 컸다. 하나님께 감사할 뿐이었다.

두 번째 주지사 취임식

2019년 1월 16일에 남편은 두 번째 취임식을 치렀다. 아침 이른 시간에 우선 취임 예배를 보았다. 데이비드 대부님, 황명자 대모님의 딸인 예나 황 목사가 함께 기도를 해주었다. 메릴랜드 주민들 앞에서 선서하기 전에 재판관들 앞에서 먼저 선서하고, 밖에서 기다리는 수백 명의 사람들 앞에서 식이 거행되었다. 플로리다의 주지사를 지낸 조지 부시 전 대통령의 아들 젭 부시가 멀리서 방문해 축사를 해주었다. 여섯 살이 된 큰손녀 대니엘라가 수많은 사람들 앞에서 미국 '국기에 대한 맹세'를 읊었다. 남편은 돌아가신 시아버지께서 주신 교훈을 바탕으로 향후 4년간 어떤 주정 운영을 계획하는지 공표했다. 두 번째 취임식의 기쁨 가운데서 시아버님에 대한 그리움을 함께 느꼈다. 이 자리에 같이 계셨다면 그 누구보다 좋아하셨을 분이다.

그날 밤, 우리는 MGM 호텔에서 두 번째 취임 축하 파티를 가졌다. 그간 선거 레이스를 도와준 많은 분께 감사하는 자리였다. 3,000여 명의 손님들, 남편 행정부의 주요 인사들과 수많은 한국 분들 역시 자리해 주셨다. 역대 주지사 취임 축하 파티에 그토록 많은 한국 분을 모신 적은 없었다. 남편은 메릴랜드가 당파를 초월한 주라는 것을 의미하는 보라색 서핑 보드(트루퍼들에게 선물받은 소중한 것)를 들고 나와 음악에 맞춰 신나게 춤을 췄다. 열기와 환호가 가득했던 그날 밤이 그렇게 지나가고 남편은 앞으로의 임기 4년 동안에도 초심을 지키며 끝까지 주정 운영을 잘해 나가겠다고 다짐했다. 나도 한국식 내조를 계속 이어 나가겠다고 다짐했다.

전미주지사협회 퍼스트레이디 의장

전미주지사협회 퍼스트레이디 의장이 되다

2019년 7월에 남편이 전미주지사협회장
(Chairman of National Governors Association)이 되면서
동시에 나도 주지사 부인들 가운데 회장이 되었다.

한인 이민 1세인 내가 그것도 영어로 전미 주지사 부인들과 적극적으로 교류하고, 회장으로서 다양한 활동을 해 나가는 게 쉬운 일은 아니었다. 부담이 없지 않았지만 나는 최선을 다해 회장 역할을 수행했다. 2018년, 2020년에 걸쳐 미 전역 각주의 퍼스트레이디들을 메릴랜드 관저로 초청하여 메릴랜드주의 역사와 문화를 소개하고 알렸으며, 2019년 9월에는 전미주지사협회 배우자 프로그램(Spouse Program) 의장 자격으로 호주를 방문했다.

남호주의 35대 주지사와 영부인 모두 베트남계 1세대여서 나는 큰 동질감을 느꼈다. 미국과 달리 호주는 영연방이어서 영국 여왕이 주지사를 임명하는데, 주지사는 상징적인 자리이고 프리미어가 실질적 행정 업무를 수행한다. 나는 남호주의 프리미어 스티븐 마샬이 주최한 환영 만찬에도 참여하여 즐거운 시간을 가졌다. 호주 원주민의 역사와 문화를 총망라한 박물관도 방문하는 등 길다면 긴 6박 7일의 일정을 소화했다. 호주 출장을 마치고 돌아오니 전에 없이 몸이 힘들었고, 시차 적응에도 어려움을 겪었다. 나이 때문이기도 하겠지만 전미주지사협회 퍼스트레이디 회장으로서의 무거운 책임이 두 어깨에 얹혀서일 것이다.

그리스에서의 듀엣 전시회

2019년 후반에는 그리스에서 현지 화가 미나 발리라키스와 듀엣 전시회를 열게 되어 그리스 여행을 떠났다. 남편과 함께 누리는 모처럼의 개인적인 휴가였다. 그리스에 머무는 일주일 동안 박물관에서 살다시피 했다. 그리스는 인류 역사의 산실인 만큼 볼 만한 박물관과 유적지가 많았다.

전미주지사협회 동계 콘퍼런스

2020년 전미주지사협회 동계 콘퍼런스가 워싱턴 D.C.에 있는 매리엇 마르퀴스 호텔에서 2월 7일부터 10일까지 3박 4일 동안 열렸다. 2월 8일에 호텔에서 열린 조찬 프로그램에서 주지사 부인들의 의장인 나는 환영사를 한 다음 아나폴리스 소재 주 청사와 관저로 타 주 주지사 부인들을 초청해 오찬을 했다. 메릴랜드 주립 기록보관소 주 청사 신탁 장관직이며 동시에 주 차석기록보관 담당자인 일레인 바크만이 주 청사와 관저 투어를 진행한 후 그와 관저에서 오찬을 나눴다.

나는 미술 치료를 통한 치유에 대해 이야기하고, 유미 케어스 이사회원이면서 메릴랜드 대학 소아 병동 책임자이자 소아 과장인 스티브 진 박사를 초청해 실제로 미술 치료 프로그램이 소아 병동에서 어떻게 진행되고 어떤 긍정적인 영향을 미치고 있는지에 관해 이야기했다.

다음 날인 2월 9일, 워싱턴 D.C. 메리어트 호텔로 다시 돌아가 미술 치료를 통한 치유에 대한 주제 발표를 했다. 이후 타 주 퍼스트레이디들과 주 정부 직원들을 대상으로 미술 치료에 대한 이해를 도울 수 있도록 캐시 가우처를 초대했다. 캐시 가우처는 메릴랜드 노트르담 대학 교수이자 메이크 스튜디오 창립자로 현장에서 미술 치료에 사용되는 실제 활동들을 보여 주는 시간을 진행하여 굉장히 큰 호응을 얻었다. 각 주의 퍼스트레이디들은 미술 치료에 이용되는 방식과 재료들을 가지고 작게 작품을 만들어 보는 시간도 가졌다. 그리고 두 달 후, 각 주의 퍼스트레이디들이 만든 작품을 NIH(National Institute of Health, 미국 국립건강연구소) 어린이 암 센터에 전달하는 행사를 가졌다.

주미 대한민국 대사관에서 전미주지사협회 콘퍼런스 연회 개최

전미주지사협회 콘퍼런스가 열릴 때 대사관 한 곳을 선정해 리셉션을 준비하는데, 여러 대사관에서 연회를 개최하겠다고 앞다퉈 경쟁을 벌였다. 최종 리셉션 주최 대사관을 선정하는 것은 전미주지사협회장의 권한이다. 그전 해인 2019년에는 2월에 주미 일본 대사관저에서 리셉션이 열렸는데, 나도 남편과 함께 참석했었다. 그때 남편은 전미주지사협회 부회장이었다. 미국 전역의 주지사들이 한자리에 모이는 일은 사실 드문 일이다.

나는 자연스러운 외교 활동을 벌이기에 이보다 좋은 기회는 없다는 생각이 들었다. 다음 해에는 우리 남편이 회장이 될 테니 주미 대한민국 대사관에서 이 행사를 개최했으면 좋겠다는 생각이 들었다. 그래서 행사의 모든 면을 유심히 살펴봤다.

2020년에 나는 이 기회를 놓치지 않았다. 오랫동안 주미 한국 대사 관계자들과 소통해서 2020년에는 주미 대한민국 대사관에서 연회를 개최했다. 이수혁 주미 대한민국 대사와 대사관 일동 한국 정부 관계자들이 정성을 다해 준비해 주었다. 마침 문재인 대통령이 축하 메시지 영상을 보내 주어 더욱 빛나는 행사였다.

이 대사 사모님께서 곱게 한복을 차려입고 전국 주지사들과 퍼스트레이디들을 따뜻하게 맞이해 주었다. 주미 대한민국 대사관에서 열리는 행사인 만큼 한국 음식과 전통주가 준비되었다. 대한민국 딸로서, 한국이 미국의 지도자들에게 소개되고 더 나아가 비즈니스 교류 협력 방안을 모색할 수 있는 매우 상징적이고 의미 있는 자리였기에 더할 수 없이 자랑스럽고 뿌듯했다.

대한민국의 딸
메릴랜드의
생명을 구하다

메릴랜드에도 시작된 코로나19

2020년 3월 초, 나와 남편은 플로리다 탬파행 비행기에 몸을 실었다. 메릴랜드의 야구팀 볼티모어 오리올스가 봄마다 플로리다 새러소타에서 트레이닝을 하기 때문이었다. 남편은 시구할 예정이었고, 다른 미팅들도 잡혀 있어서 며칠 머물 계획이었다.

플로리다 탬파로 가던 비행기 안에서 보좌관 콜린 커밍스가 급히 남편에게로 달려왔다. 그가 다급한 목소리로 말했다.

“메릴랜드주에 첫 코로나19 확진자가 발생했습니다.”

남편은 플로리다의 탬파 국제공항 도착 즉시, 화장실에 갈 틈도 없이 비서실을 통해 잡아 두었던 메릴랜드행 사우스웨스트 항공편에 탑승했다. 이때만 해도 확진자 한 명에서 시작한 메릴랜드 코로나 시국이 얼마나 심각한 상황에 맞닥뜨릴지 상상조차 할 수 없었다. 남편은 하늘 위에서 코로나 사태와 관련해 긴급 대책 회의를 열었다. 그리고 아나폴리스 주 청사에 도착하자마자 즉각 기자 회견을 열어 비상시국을 선포했다.

지난 2월 말부터 코로나19가 전 세계로 퍼지고 있었기에 메릴랜드도 안전하지만은 않았다. 안 그래도 남편은 ‘코로나19 대응팀’을 구성해 미래에 닥칠 재난에 대비해둔 상태였다.

나는 남편을 대신해서 볼티모어 오리올스의 경기 시구 외에 사흘간의 플로리다 일정을 소화하고 아나폴리스로 돌아왔다. 겨우 사흘이 지났음에도 확진자 수가 꽤 여러 명으로 늘어 있었다. 내 오피스로 한국의 진단 키트를 소개하는 이메일이 도착하기 시작했다. 한국은 이미 코로나19에 발 빠르게 대응하고 있었다. 나도 공공 의료 보건 분야의 전문가가 아니기 때문에 일단은 메릴랜드의 '코로나19 대응팀'에 모든 것을 믿고 맡겼다. 하지만 확진자 수는 계속 늘어났다. 메릴랜드를 한 가정이라고 생각한다면 나는 모두의 건강과 생명을 돌봐야 하는 어머니였다. 수많은 가족의 목숨이 위협받고 있다고 생각하자 마음이 무겁고 조급해졌다.

한국의 진단 키트

사태가 점점 심각해지면서 나는 한국의 진단 키트를 살펴봐야겠다는 생각이 들었고, 이것을 남편이 주도하는 코로나19 대응팀과 공유했다. 며칠 후 한국 측과 의사소통이 필요하니 한국어에 능통한 주 정부 직원을 팀에 급히 파견해 달라는 요청이 왔다고 홍은영 씨가 전해 주었다.

남편의 임기가 시작될 때부터 한인 1.5세대와 2세대 인재들을 등용할 것을 주 정부에 요청해 왔던 나로선 어려운 일이 아니었다. 나는 주지사실 산하 지역사회협력국에서 공보 책임으로 일하던 구수경 씨를 연결해 주었다.

나와 남편은 단순히 개인이 보낸 정보에 의존하거나 소개로 일을 추진하기보다는 우리가 직접 나서서 믿을 만한 진단 키트를 들여와야겠다는 생각에 동의했다. 이에 KOTRA(대한무역투자진흥공사) 워싱턴 지부를 통해 한국 정부에서 인증하는 믿을 만한 키트 제조 기업에 대한 조사를 시작했다.

당시 남편은 내게 이렇게 말했다.

"이 일은 메릴랜드와 한국 간 정부 차원에서 이루어져야 하는 중요한 일이에요."

남편은 한국의 딸로서 한국인과 동일한 언어로 신속하게 소통할 수 있는 사람이 바로 옆에 있다는 사실을 알고 있었다. 나야말로 가장 가까이서 남편인 주지사를 가장 잘 도와줄 수 있는 사람이었다. 그렇기에 남편은 나에게 다시 부탁했다.

"여보, 이수혁 대사님과의 통화 연결을 좀 부탁해요."

나는 주미 대한민국 대사관 이수혁 대사님에게 전화를 넣도록 했고, 이수혁 대사님은 흔쾌히 나와의 통화에 응했다. 나는 바로 남편을 연결해 주었다. 이수혁 대사님은 한 치의 망설임도 없었다.

"제 힘껏 도와드리겠습니다."

이수혁 대사님의 약속에 두 손 모아 하나님께 감사 기도를 드렸다. 이후로 우리 부부와 이수혁 대사님 부부는 더할 수 없이 소중한 인연을 이어가게 되었다.

'지속되는 우정' 작전

그렇게 메릴랜드와 한국 간의 '지속되는 우정(Enduring Friendship Operation)'이라는 비밀 작전이 시작되었다. 나는 메릴랜드와 한국을 연결하는 작전 사령관이었다. 대사관에서는 훌륭한 진단 키트를 생산하는 여러 업체의 리스트를 확보하여 우리에게 보내주었다.

생각해 보면 한국에서 진단 키트를 들여오는 것은 당연한 이치였다. 나는 대한민국의 딸로서, 남편은 대한민국의 사위로서 언제나 한국에서 일어나는 일들을 관심 있게 지켜본다. 수준 높은 방역 시스템, 한국 정부의 탁월한 지도하에 이뤄진 발 빠른 대처, 서로를 지켜 주기 위해 배려하는 선진 시민 의식을 통해 한국은 전 세계에 모범을 보여 주었다. 한국의 내실 있는 바이오테크 기업들은 오차가 거의 없는 진단 키트를 선보였고, 한국에서는 빠른 속도로 코로나19 감염 검사가 전국적으로 이루어지고 있었다. 또한 한국의 많은 기업이 진단 키트의 수출 승인을 받았고, 세계 여러 국가에서 한국의 진단 키트를 사겠다고 나섰다.

코로나19는 사람 사이의 접촉을 통해 퍼지는 바이러스인 만큼 감염 여부를 알아내는 게 방역의 기본이자 첫 단추였다. 그런데 미국은 코로나19의 대규모 검사 환경을 마련하지 못한 데다 검사를 진행할 키트를 대량으로 확보하지 못한 상태였다. 절체절명의 위기 속에서 나는 오로지 메릴랜드 주민의 생명을 지켜야 한다는 일념 하나로 일을 진행했다.

3월 말부터 약 2주간, 철저한 보안 속에서 한국산 진단 키트를 공수하는 작전에 돌입했다. 그 과정은 생각했던 것보다 복잡하고 어려웠다. 한국과 메릴랜드 간 13시간의 시차가 있었기에 밤낮으로 잠을 자지 못하고 전화기를 붙들고 있어야 했다. 쌍방 간 시간을 맞추어 회의 일정을 잡을 여유가 없었다. 시도 때도 없이 원격 회의를 진행했다. 밤 12시가 될 때도 있었고 새벽 3시, 5시가 될 때도 있었다. 밤새워 실무 협의를 한 뒤에는 아침 7시에 맞추어 그 결과를 남편에게 보고했다.

나와 남편, 남편이 주도하는 코로나 대응팀, 메릴랜드 보건국의 공무원과 연구진들은 생명을 살리겠다는 신념하에 24시간 뜬 눈으로 일했다. 단순히 한국에서 물건을 사서 미국으로 가져오면 되는 일이 아니었다.

진단 키트를 생산하는 업체 간에도 당장에 공급 가능한 키트의 숫자, 키트의 가격, 키트 생산 일정 등은 천차만별이었다. 한국의 기업들 역시 24시간 풀가동하며 키트 생산에 매달렸지만, 밀려드는 주문으로 인해 생산 인력을 추가하고 원재료를 확보하는 일에 어려움을 겪고 있었다. 무엇보다 검사를 실제로 진행할 메릴랜드 내 실험실의 장비, 환경, 조건, 안전 수칙에 부합하는 진단 키트를 선정해야 했고, 그러기 위해선 샘플링이 필요했다.

검사자들로부터 비강 샘플을 채취한 후에도 바로 감염 여부를 확인할 수 있는 게 아니었다. 채취한 샘플을 실험실로 가져와 무려 9단계의 과정을 거쳐야 정확도 100%에 가까운 결과를 얻을 수 있었다. 코로나19 사태가 시작되고 반 년이 지나고 나서는 별다른 장비 없이 15분 만에도 검사 결과를 얻을 수 있는 진단 키트가 개발되어 상용화되었지만, 당시만 해도 미국산이든 한국산이든 진단 키트 검사와 사용 방식이 간단치 않았다.

메릴랜드 보건국의 전문가들이 이 과정을 구수경 씨에게 꼼꼼하게 설명해 주면, 구수경 씨가 내게 이를 전달해 주는 식으로 일이 진행됐다. 한국 정부의 승인과 추천을 받은 진단 키트 개발 기업은 10여 개에 이르렀다. 우리 대응팀은 열 개 이상의 기업 임원들에게 일일이 연락해 무엇이 메릴랜드에 가장 적합한 키트인지 확인하는 심사 과정을 거쳤다.

그렇게 우리는 단 한 번의 구매를 통해 가장 빠른 시간 안에 50만 회분의 진단 키트를 제공할 수 있는 한국 기업을 찾았다. 누군가는 주민의 세금을 들여 해당 기업의 연 매출 3분의 1에 달하는 금액을 지불하고, 한 번도 써보지 않은 해외 진단 키트를 수입하는 게 무모한 결정일 수도 있다며 걱정했다. 하지만 우리는 현명한 협상을 통해 예상했던 금액보다 낮은 가격에 수입을 결정했다. 그때까지 그 어떤 미국 기업도 이러한 조건을 충족시켜 주지 못했다. 나는 경험과 전문성을 갖춘 메릴랜드 코로나 대응팀의 키트 선택에, 무엇보다 한국 키트의 정확성과 신속성에 믿음을 갖고 있었다.

당시 많은 주 정부들이 코로나19 사태에 대응하기 위해 연방 정부에 도움을 청했으나 지원이 충분치 못한 상황이었다. 남편은 연방 정부에 대놓고 쓴소리하는 데 망설임이 없었고, 무소의 뿔처럼 흔들림 없이 묵묵히 우리가 가야 할 길을 제시했다.

"지금 가장 중요한 것이 무엇입니까? 그것은 메릴랜드 주민의 생명과 안전을 지키는 일입니다. 미 정부의 지원을 기다리는 동안 누군가는 목숨을 잃고, 누군가는 가족을 잃고, 누군가는 병원으로 이송되어 올 것입니다."

나는 남편의 그러한 결단력과 지도력에 다시 한 번 깊은 감명을 받았다. 나의 남편이 아니라 메릴랜드의 주지사로서 또 한 번 크게 신뢰하게 되었다. 또한, 나는 하나님께서 우리의 외침과 기도를 들어주시고 모든 문제를 잘 해결해 주실 것이라는 믿음이 있었다.

진단 키트의 운송

'지속되는 우정' 작전은 거기서 끝이 아니었다. 메릴랜드 행정지원국과 함께 진단 키트를 메릴랜드로 가져올 방법을 모색해야 했다. 진단 키트를 우편으로 보낸다는 것은 불가능한 일이었다. 50만 명을 검사할 수 있는 진단 키트를 운반하려면 특별한 케어가 필요했다.

가장 급하게 해결해야 할 것은 운송 수단이었다. 코로나19 사태로 인해 일반 항공기 스케줄이 모두 취소된 상황이었고, 일반 여객기가 있다 해도 그 많은 키트를 다 싣는 게 가능한지 장담할 수 없었다. 우리는 다시 한 번 한국과 긴밀한 공조에 들어갔다. 밤낮을 가리지 않고 회의가 이어졌다.

다행히 키트 생산업체인 랩지노믹스, 삼성SDS를 통해 대한항공과 연결하는 데 성공했다. 우리는 전세기를 띄우는 것이 타당하다는 결론에 이르렀다. 코로나19 사태로 전 세계 물류 시장의 상황이 복잡해지면서 전세기 섭외마저 쉽지 않았지만, 삼성SDS와 대한항공 측이 적극적으로 도와주었다.

진단 키트를 비행기에 싣기 위해서는 기내 여건을 안전 관련 규정에 맞춰야 했다. 이 부분과 관련해 국토교통부의 협조가 있었다. 한국 세관을 통과하는 것은 주미 대사관과 외교부가 협조해 주었다. 만약 각 부처의 협조 없이 진행한다면 한 달이 걸릴지 두 달이 걸릴지 알 수 없는 일이었다. 그런데 이 모든 일이 한국 정부와 대사관의 협조 덕분에 단 며칠 만에 신속하게 진행되었다. 정말 기적과도 같은 일이었다.

우리가 회의를 시작했을 때만 해도 대한민국과 워싱턴 D.C. 혹은 뉴욕에 존재하던 기존의 비행 노선이 옵션으로 제시됐다. 하지만 메릴랜드 밖 공항으로 키트가 들어오게 되면 세관 통과에 있어 연방 정부의 제어를 받게 되어 물품이 빠져나오지 못할 가능성이 있었다. 빠져나온다 해도 시간이 오래 걸릴 게 불 보듯 뻔했다. 진단 키트는 반드시 영하의 온도에서 보관해야 하기 때문에 얼음 포장이 필요했는데, 시간이 지연되어 얼음이 녹으면 키트를 쓸 수 없게 되기 때문이었다.

결단이 필요했다. 우리는 주 정부 교통부와 조율해 대한민국과 메릴랜드-볼티모어 간 최초의 직항 비행을 시도하기로 했다. 메릴랜드는 특별한 주다. 미국 내에 공항을 소유한 주는 거의 없다. 하지만 메릴랜드주 정부는 볼티모어 공항을 소유하고 있었다.

볼티모어 공항은 메릴랜드 교통부 소속이고, 교통부는 공항으로 들어오는 모든 물류와 항공의 출입을 직접 컨트롤할 수 있는 권한이 있었다. 결론적으로 여객 노선이 존재하지는 않지만 한국의 항공기가 볼티모어 공항으로 들어오는 데 그 어떤 문제도 없었다.

우리는 이런 사실을 한국 측에 알렸고, 물품의 세관 통과를 위한 볼티모어 공항과 미연방 관세국경보호청 사이의 커뮤니케이션 역시 주 차원에서 직통으로 이루어질 것이라는 사실을 주지시켰다. 삼성은 전세기 스케줄을 확정했고, 대한항공 측은 워싱턴 덜레스 공항의 인력을 볼티모어로 이동시켰다.

그리고 4월의 어느 날 자정이 넘은 시각, 삼성SDS로부터 연락이 왔다. 랩지노믹스에서 출고된 진단 키트가 비행기로 이송 중이라는 것이다. 때마침 미국 세관 통과에 문제가 없을 것이라는 다행스러운 소식도 함께 전해졌다. 우리의 노력, 기도와 바람이 현실화되고 있었다. 우리가 한국의 진단 키트 조사에 임한 지 불과 2주가 조금 지난 시점이었다.

4월 18일 아침, 나와 남편은 비밀리에 볼티모어 공항으로 나갔다. 메릴랜드주 경찰의 삼엄한 경호 속에서 나와 남편을 태운 검은 밴이 공항의 에어사이드(Airside)로 미끄러져 들어갔다. 비밀 작전의 막바지 단계였기에 경호 팀은 그 어느 때보다도 촉각을 곤두세우고 있었다.

잠시 후 주미 대한민국 대사관의 홍석인 공사가 한국 정부를 대표해 공항에 도착했다. 이번 작전에 함께한 교통부, 행정지원국의 장관들과 코로나19 대응팀의 수장들, 코로나19 사태로 각자의 집에서 프로젝트를 진행했던 사람들이 마스크로 얼굴을 다들 반쯤 가린 채 남편과 인사를 나누었다.

인사를 나눈 지 10분쯤 지났을까? 저 멀리 하늘에 비행기 한 대가 나타났다. 비행기는 미끄러지듯 활주로로 들어섰다. 글씨도 선명한 'Korean Air'가 눈에 들어왔다. 대한항공기였다. 기체가 멈추어 서던 순간의 벅찬 감동과 설렘은 영원히 잊을 수 없을 것이다. 울컥 눈물이 솟구쳤다. 그간의 고생이 파노라마처럼 눈앞을 스쳐 지나갔다. 메릴랜드 주민의 생명을 살리게 됐다는 안도감이 그 뒤를 이었다.

'내 나라 대한민국이 내 제2의 터전 메릴랜드를 위해 나서 주었구나!'

말로 형용할 수 없을 만큼 나의 조국에 감사한 마음이 들었다. 70년 전, 1만 5천여 명의 메릴랜드 젊은이들이 한국전에 참전해 531명이 전사했다. 그렇게 메릴랜드는 내 나라 대한민국을 위해 희생했고, 70년이 지난 오늘은 대한민국이 메릴랜드의 생명을 구하려 발 벗고 나서고 있었다.

'지속되는 우정'의 결실은 진단 키트만이 아니었다. 남편이 주지사가 되는 순간부터 나는 한국과 볼티모어 간 직항 노선 개항을 끊임없이 추진해 왔다. 이토록 중요하고 긴박한 순간에 그토록 오래 바라 왔던 숙원 사업의 첫 단추를 끼웠다는 것이 얼마나 의미 있는 일인가?

비행기 물류 칸의 문이 열리고 서서히 진단 키트가 내려왔다. 진단 키트는 대한항공 로고가 박힌, 분리 가능한 화물칸에 담겨 있었다. 행정지원국에서 대기시킨 트럭에 화물칸을 통째로 실었다. 냉동 상태를 유지해야 하기 때문이었다. 진단 키트를 보호하고 보안을 유지하기 위해 메릴랜드 주 방위군이 보건국 보관 창고까지 트럭을 호위하기로 했다. 나는 키트를 운송해온 대한항공의 비행사와 기술자들에게 감사의 인사를 건넸다. 그분들의 손을 맞잡는 내 가슴은 자랑스러움과 벅참으로 가득 차 있었다.

이틀 후 기자 회견이 열렸다. 철저한 비밀 유지하에 진행된 '지속되는 우정' 작전과 관련해 나와 남편이 그간의 내막을 공개했다. 홍석인 공사가 그 자리에 함께했다. 내 뒤에는 메릴랜드 주기, 성조기 그리고 대한민국 국기가 함께 펄럭였다. 남편은 이 작전의 챔피언이 나 '유미 호건'이었다며 나에게 고마움을 전했다. 그리고 공개적으로 대한민국이라는 나라에 감사를 표했다.

메릴랜드는 물론 미국 전역에서, 전국의 주지사와 리더로부터 그리고 멀리 대한민국으로부터 찬사가 쏟아졌다. 인터뷰 요청이 빗발쳤다. 하지만 나는 그때야말로 내가 뒤로 물러날 때라는 것을 알았다. 작전은 성공했지만, 코로나19와의 싸움은 시작에 불과했다.

나는 공개 발언을 삼간 채 한국 정부와 대사관에 조용히 감사를 전했다. 자랑스러운 나의 모국 대한민국 덕분에 이런 벅찬 순간이 왔다는 것, 그 사실을 모두에게 알린 것으로 나의 역할은 다한 셈이었다. 미국 최초의 한인 퍼스트레이디로서 어느 때보다도 자부심을 느낀 한 달이 그렇게 흘러가고 있었다.

이후 주 전체를 대상으로 정확하고 빠른 검사를 실시하기까지 다양한 난관이 있었다. 하지만 우리는 매 순간 최선을 다해 결정을 내렸다. 2020년 12월 15일, 메릴랜드는 50만 회분의 키트를 모두 소진했다. 이로써 메릴랜드는 코로나19가 가장 극성을 부리던 시기, 미국 그 어느 주와도, 심지어 연방 정부와도 비교할 수 없을 정도의 빠른 검사와 방역 수준을 보여 주었다. 50만 회분의 키트를 가져온 것이 코로나 바이러스 대응 장기전의 초석이 되었던 것이다.

2021년 가을에 접어든 지금, 이 순간까지 코로나에 이어 델타 변이 바이러스까지 나타나 여전히 우리의 삶을 위협해 불안하고 피곤하고 답답한 삶이 계속되는 중이다. 코로나19가 끝나는 그날까지 메릴랜드주 정부는 코로나 검사와 방역 업무에 고삐를 늦추지 않을 것이다. 나 또한 메릴랜드의 퍼스트레이디로서 임기가 다하는 날까지 주민들을 위로하고 격려하는 삶을 살 것이다.

"한국도 메릴랜드도 힘을 내길 바랍니다."

에필로그

사랑하는 내 가족

나의 남편, 메릴랜드의 남편

남편이 메릴랜드 주지사였던 지난 6년 반이 넘는 세월 동안 나는 퍼스트레이디로서 매일 감사하며 영광스러운 삶을 살고 있다. 사실 남편이 주지사로 주정 운영에 집중하다 보니 이른 아침에 잠시 얼굴을 마주할 뿐 종일 만나지 못하는 일이 다반사다.

"오늘도 좋은 하루 되세요."

아침에 인사하고 늦은 저녁 남편이 집에 돌아오면 잠깐 얼굴을 보는 게 전부다. 래리는 나만의 남편이 아니라 메릴랜드 주민 전체의 남편이기 때문에 단둘이 오붓한 시간을 보내기 힘들다는 것을 알면서도 농담 반 진담 반으로 투정을 부리기도 했다.

그러나 나도 여러 프로젝트를 추진하고, 각종 이벤트와 행사에 참석하는 등 바쁜 스케줄을 소화하느라 시간이 없기는 매한가지다. 저녁 식사를 같이한 게 언제인지 가물가물하다. 처음에는 혼자 밥을 먹는 게 어색했지만, 이제는 완전히 적응이 되었다.

엄마의 역할

메릴랜드 안주인 역할에 최선을 다하는 동안 내 딸들에게 엄마로서, 손주들에게 할머니로서의 역할을 제대로 하지 못했다. 딸들에게 늘 빚진 마음이다. 특히 출산한 딸을 둔 여느 친정 엄마들처럼 산후조리를 직접 해주지 못한 것을 생각하면 두고두고 미안하다.

제이미와 벤이 결혼한 지 오래되었는데도 아기 소식이 없어 걱정이었다. 그러던 어느 날, 감사하게도 제이미가 임신 소식을 전해왔다. 범죄 사건을 다루는 게 검사의 일인 만큼 태교에 지장이 있으면 어쩌나, 바쁜 일정 때문에 식사를 제대로 챙기지 못하면 어쩌나 엄마로서 적지 않게 걱정이 되었다. 하지만 퍼스트레이디로서 공식 일정을 소화하고 메릴랜드 미대에도 출강하느라 마음만 아이에게 가 있을 뿐 친정 엄마로서의 역할을 제대로 해주지 못했다.

2017년 1월 23일, 드디어 제이미가 손자 캠을 낳았다고 연락이 왔다.

"제이미, 축하한다. 곧 손자를 만나러 갈게."

축하 인사를 건네고 나니 제이미가 아기의 사진을 보내오지 않았다는 사실을 알았다.

'아기를 낳고 정신이 없나 보다.'

이렇게만 생각했다. 아무리 친정 엄마라고 하지만 딸이 먼저 연락을 하기 전에 무작정 찾아갈 수도 없어서 설레는 마음을 안고 기다리고만 있었다.

제이미로부터 급하게 전화가 왔다. 그런데 제이미가 울먹이면서 말을 꺼냈다.

"아기가 호흡 곤란 상황이에요. 제발 아기를 살려주세요."

청천벽력 같은 소식이었다.

제이미는 세인트 메리스 카운티에 있는 한 시골 병원에서 아기를 출산했는데 아기가 자가 호흡을 하지 못해 위험하다고 급히 메릴랜드 대학 아동 병원으로 아이를 옮기고 싶다고 했다. (의사도 큰 병원으로 가야 한다고 말했다.) 우리는 부랴부랴 메릴랜드 대학 병원에 연락했다. 메릴랜드 대학 병원 구급차가 한 시간 반 거리의 세인트 메리스 카운티까지 가서 아기를 싣고 다시 한 시간 반 거리의 메릴랜드의 병원으로 향했다. 그리고 벤과 제이미는 본인들의 차로 구급차를 바로 뒤쫓아 갔다. 제이미는 아기를 출산한 지 세 시간밖에 안 되었고 제대로 걷을 수도 없는 상황이었다. 그러나 제이미는 생사를 오가는 아기 때문에 그런 자기 자신을 돌볼 겨를도 없었다.

우리도 놀란 가슴을 진정시키며 메릴랜드 대학 병원으로 향했다.

다행히 며칠 후 아기 스스로 자가 호흡이 가능해졌다는 연락이 왔다. 건강에도 이상이 없었다. 그다음 날 벤이 관저로 왔다. 나는 산후조리를 제대로 하지 못한 제이미를 위해 미역국을 한 솥 가득 끓여서 벤에게 주었다.

"끼니때마다 잘 데워서 제이미에게 주면 돼. 한국에서는 산모가 꼭 미역국을 먹어."

지금 손자 캠은 감사하게도 아무 탈 없이 자라고 있다. 제이미는 모유 수유를 했다.

외할머니의 역할

2박 3일간 남편과 함께 뉴욕 일정을 소화하던 어느 날이었다. 내 오피스의 홍은영 비서실장으로부터 이런 연락이 왔다.

“한국 종친회라고 하시면서 가족 대표로 행사에 참여해 달라고 하십니다.”

내용인즉 한국 종친회라는 곳에서 2012년부터 주미 대한제국 공사관 건물을 매입하여 복원 공사를 진행해 왔다는 것이다.

“2018년 5월 22일에 개관식을 주최하게 됐다며 참석해 달라고 하는데 어떻게 할까요?”

나로선 처음 듣는 이야기였지만, 우리 집안의 할아버지가 고종께서 조선 시대 말에 파견한 미국 주재 조선국 외교 전권 대사시라는 것이다. 그분의 성함이 ‘박정양’이었다. 내 친할아버지의 성함이 ‘박준양’이었기에 무슨 연관이 있기는 있는 것 같았다. 자세한 사실을 확인하기 위해 남편보다 하루 먼저 관저로 돌아왔고, 모든 게 사실로 밝혀지면서 개관식에 참석하기로 했다. 개관식이 한창 진행되는 중에 홍은영 실장이 귓속말로 보고했다.

“줄리가 지금 병원에 입원했다고 합니다. 서둘러 미시간으로 가야 할 것 같습니다.”

가슴이 덜컥 내려앉았다. 출산을 두 달여 남긴 줄리에게 무슨 일이 생긴 것이다. 하지만 대한의 딸로서, 가족을 대표해 뜻깊은 행사에 참석 중이었기에 도저히 자리를 뜰 수가 없었다. 좌불안석으로 행사가 끝나기만 기다렸다. 리본 커팅식까지 마친 후 바로 공항으로 향했다.

가는 도중에 들으니 줄리가 출산을 앞두고 정기 검진을 하러 산부인과에 갔는데, 혈압이 너무 높게 나왔다는 것이다. 임신중독증이었다. 서둘러 출산하지 않으면 산모도 아이도 모두 생명이 위태로운 상황이었다. 병원에 도착했을 때 줄리는 수액을 꽂은 상태로 나를 기다리고 있었다. 두 달이나 일찍, 그것도 유도 분만으로 아기를 낳아야 한다는 사실에 나는 마음이 졸였다. 그러면서 산모와 아기의 건강한 출산을 위해 기도하며 주님께 맡겼다.

줄리가 수술실에 들어간 지 얼마 안 되어 1.8㎏도 안 되는 작은 몸으로 에이다가 세상에 나왔다. 다행히 산모에게나 아기에게나 걱정했던 일은 일어나지 않았다. 다만 에이다가 조금 더 병원에 있어야 했기에 줄리도 계속 병원에 머물렀다. 내친김에 나는 4박 5일간 미시간에 머무르며 내 손으로 줄리에게 미역국도 끓여 주고 병원에 가보기도 했다. 그런 후 예정된 일정을 소화하기 위해 메릴랜드로 돌아왔다.

에이다는 작게 태어났지만 야무지고 여물어 “작은 고추가 맵다.”라는 한국 속담이 절로 생각나게 하는 아이이다.

2019년 6월, 줄리와 태수가 친한 친구의 결혼식 참석을 위해 열흘 정도 파리로 떠나 있어야 했다. 장시간 비행기도 타야 하고, 시골로 가는 기차도 타야 했는데 어린 에이다에게 해외여행은 아직 무리였다.

“내가 돌봐줄 테니 둘이 잘 다녀와라.”

“엄마, 고마워요. 에이다가 식성이 좋아서 아무거나 잘 먹으니 돌보기 어렵지는 않을 거예요."

그렇게 해서 열흘 동안 모처럼 외할머니 노릇을 하게 되었다. 줄리 말대로 에이다는 무엇이든 잘 먹었다. 크랩 케이크, 스테이크, 고구마, 당근, 콩 등 주는 대로 맛있게 받아먹었다. 작게 태어난 신체를 뒤늦게 보상이라도 하려는 것 같았다.

'이 조그마한 아이가 이렇게 많이 먹어도 될까?'

탈이라도 나면 어쩌나 걱정이 됐지만, 생각보다 아이의 소화력이 좋아 아프지 않고 잘 지냈다. 에이다는 저녁 일곱 시에 잠들면 다음 날 오전 일곱 시에 일어나는 아기 천사였다.

"세상에 이렇게 순한 아기가 있을까요?"

나는 퇴근하고 돌아온 남편에게 입에 침이 마르도록 에이다 자랑을 했다. 외모는 사위 태수를 많이 닮았지만, 하는 행동이 줄리 어렸을 때와 똑같았다. 조금 일찍, 작게 태어난 에이다가 건강하게 잘 자라주는 것이 나는 더없이 감사했다.

두 달 후, 제이미가 둘째 딸 노라를 낳았다. 노라의 풀 네임은 노라 유미 스털링(Nora Yumi Sterling)이다. 아기의 이름에 나와 내 시어머니의 이름을 각각 따서 지은 것이다. 남편은 제이미가 아기 이름에 자신의 어머니 이름인 노라를 쓴 것에 참으로 감격했다. 그때까지 조카들 그 누구도 이 이름을 쓰지 않던 차여서 눈물을 글썽일 정도로 감동을 받았다. 노라는 무엇이든 잘 먹고 씩씩하고 튼튼하게 잘 크고 있다. 에이다와 노라는 생일이 두 달밖에 차이가 나지 않아 돌잔치를 함께 해주었다.

사랑하는 내 가족

2015년 남편이 주지사로 취임했을 때 우리 가족은 총 여덟 명이었다. 남편과 나, 첫째 딸 내외와 손녀 딸 대니엘라, 둘째 딸 내외, 셋째 딸 줄리. 그런데 그로부터 6년 반 이상의 시간이 흐르는 동안 네 명의 식구가 추가되었다. 제이미와 벤이 아들 캠과 딸 노라를 낳았고, 줄리는 태수와 결혼해 딸 에이다를 낳았다.

킴과 제이미의 식구들은 메릴랜드에 살고 있다. 킴은 이곳 대형 로펌에서 회계사로 일하고 있고, 제이미는 현재 앤 아룬델 카운티 주 검사로 일하는 중이다. 같은 메릴랜드에 살아도 각자의 일이 바빠 자주 만날 수가 없다. 줄리는 미시간주에 사는데 그 아이 역시 직장생활을 하고 있어 메릴랜드에 한번 다녀가는 게 쉬운 일이 아니다.

2020년 추수감사절을 기해 배추 서른 포기를 절여 꼬박 이틀간 김장을 했다. 갓김치, 고춧잎김치, 파김치도 따로 담갔다. 어느 때보다 정성 들여 맛있게 많이 했지만, 슬프게도 코로나19로 인해 우리 가족은 모이지 못했다. 주 차원에서 가족 모임을 자제하라는 남편의 권고가 있었기에 우리가 먼저 본을 보여야 했다.

킴에게 조금 보내고 나머지 김치는 한국 스태프들에게 나누어 주었다. 그런 후 나는 허리가 몹시 아파서 거의 3주를 고생했다. 그렇게 2020년 추수감사절은 코로나19로 인해 처음으로 남편과 둘이서 조용하게 보냈다. 이전에는 추수감사절을 맞아 한 주 앞당겨 가족 모임을 했다. 그러면 관저 직원들이 추수감사절 당일 가족들과 시간을 보낼 수 있을 뿐만 아니라 세 딸도 시댁 식구들과 시간을 보낼 수 있었다. 대신 크리스마스엔 온 가족들이 관저에 모여 함께 시간을 보냈다.

크리스마스 아침, 손주들이 크리스마스트리에 옹기종기 둘러앉아 선물을 푸는 모습을 지켜보는 게 얼마나 흐뭇한지 모른다. 2019년 크리스마스엔 온 가족이 디즈니랜드를 방문하기도 했다. 그밖에 부활절, 어머니의 날, 아버지의 날에 함께할 수 있도록 온 가족이 일정을 조율한다. 명절이나 되어야 그동안 못했던 할머니 노릇을 조금은 할 수 있었는데 코로나19로 인해 그마저 불가능해졌다. 코로나19로 인해 가족과의 시간이 얼마나 소중한지 다시금 깨닫는다.

사실 가족을 떠올리면 늘 빚을 지고 사는 마음이다. 주지사 관저는 집이라기보다 박물관에 가깝다. 그래서 손주들이 오면, "이건 만지면 안 된다! 여기는 올라가면 안 된다! 하지 마라! 가지 마라!"라고 말했다. 가장 많이 하는 말이 '노(No)!'다. 관사에 들어오기 전 에지워터에 살 때에는 깨든 부수든 아무 상관을 안 했는데 말이다. 손주들이 '우리 외할머니는 뭐든 안 된다고만 해!' 이렇게 생각할지도 모른다.

남편의 임기가 끝나면 아이들 곁에 더 많이 있어 주고 싶다. 손자 손녀들이 오면 편히 놀 수 있도록 놀이방도 만들어 주고 싶다. 다른 할머니 할아버지처럼 손자 손녀들이 눈치 보지 않고 마음껏 놀 수 있도록 해주고 싶다.

미래 그리고 꿈

이제 일 년하고 몇 개월 후면 관저를 떠난다. 우리는 관저에서 20분 정도 떨어진 데이빗슨빌이라는 동네에 새로운 보금자리를 마련했다. 우리 부부의 방, 나의 작업실, 우리 강아지 두 마리가 지낼 공간, 손주들의 놀이 공간을 만들 수 있을 만큼은 충분한 공간이다. 작은 텃밭과 꽃밭을 만들어서 이를 가꾸는 재미도 느끼고 흙도 만지며 자연과 가깝게 살고자 한다.

남편이 정치인으로서 주지사 임기를 마치고 어떤 목표를 가지고 있는지 아직은 확실히 알 수 없다. 우선은 주지사 임기를 마치는 날까지 메릴랜드 주정 운영에 집중하고 잘하는 것이 우리의 과제다.

임기를 마친 후에 나는 어머니, 할머니 그리고 아티스트로 돌아가 그동안 바빠서 챙기지 못했던 것들을 되찾는 시간을 가지고 싶다. 유미 케어스 미술 치료 프로그램을 메릴랜드주 전역으로 확대하여 질병, 가난, 가정 폭력으로 고통받는 더 많은 아이들과 가족들에게 용기와 희망을 주고 싶다.

내가 산증인이 되어 아무리 어려운 일을 겪더라도 용기와 희망을 잃지 않고 노력하면 꿈을 이룰 수 있다는 것을 말해 주고 싶다.

나는 팔 남매 중 막내로 태어나 귀여움을 독차지하면서 자랐다. 그러다가 어린 나이에 미국으로 이민 와 싱글맘으로 세 딸을 키우며 힘들고 어려운 시간을 통과했다. 하지만 어릴 적 꿈을 포기하지 않고 메릴랜드 예술대학교에서 아티스트이자 교수로 후학을 양성할 수 있게 되었고, 메릴랜드의 안주인으로서 새로운 도전에 맞섰다. 남편이 항암 치료를 받을 때 만난 환자들과 그 가족들에게 희망과 용기를 주기 위해 노력했고, 치유의 힘을 전하기 위해 미술 치료 프로그램 단체를 설립했다.

돌이켜 보면 무엇하나 녹록한 게 없는 인생길이었다.

굽이굽이 산을 오르내리는 것 같은 숨 가쁜 인생이었다.

그러나 나는 결코 부끄럽지 않은 인생이었다고 감히 말할 수 있다.

절대 포기하지 않았고, 최선을 다했고, 긍정적으로 살았다.

그래서 내가 하고 싶은 말이 있다.

"물러서지 말고, 포기하지 말고 도전하라,

희망은 언제나 그대 편이다."

감사의 글

이 책이 세상에 나오기까지 도움을 주신 분들이 참으로 많다. 언제나 그랬듯이 감사하고 겸허한 마음뿐이다.

이 세상을 살아가는 모든 이들 누구에게나 정신적 지주가 존재할 것이다. 신을 믿는 사람이든 아니든 어떤 종교를 가진 사람이든 마음속에 자신을 지켜 주는 존재 하나씩을 품고 살 것이다. 크리스천인 나는 나를 언제나 옳고 바른 길, 밝은 길로 인도해 주시는 주님께 먼저 감사드린다.

내 인생의 동반자, 나의 동지이며 친구이자 버팀목인 남편 래리 호건에게도 진심으로 고마움을 전하고 싶다. 훌륭한 남편이고 아버지이며 할아버지인 동시에 어려운 자리에서 크나큰 부담과 압박, 도전과 고난을 슬기롭게 헤쳐가며 사람들을 이끄는 리더인 그를 더없이 존경하고 사랑한다. 나의 딸 킴, 제이미, 줄리 그리고 사위 루이스, 벤, 태수뿐만 아니라 손주들 대니엘라, 캠, 노라, 에이다에게도 항상 빚을 진 기분이다. 이들은 내 삶의 희망이자 나의 존재 이유이기도 하다.

호건 패밀리, 하늘나라에 계신 시아버님과 남편의 누님(내게는 형님 되시는) 그리고 노스캐롤라이나에 있는 형님의 가족분들과 아이들 역시 나를 응원하며 힘을 주었다. 한국에 있는 오빠들, 언니들, 장성한 조카들과 그들의 아이들, 손주들, 일가친척들 또한 뒤에서 언제나 묵묵히 나를 믿고 지켜봐 주는 고마운 사람들이다.

퍼스트레이디가 되고 나서 어린 암 환자들을 위해 시작한 유미 케어스 일을 도와준 19명의 재단 이사회 회원들(보드 멤버들), 이 순간에도 유미 케어스 갈라 행사를 위해 열심히 일하고 있는 커미티 멤버들에게도 감사하다. 유미 케어스 초창기에 도움을 준 일레인 파빈스타인, 메릴랜드 대학 소아 병동에서 유미 케어스 미술 치료 프로그램을 이끄는 스티브 진 박사, 프로그램의 미술 치료사인 어브리, 간호사 모니카에게도 고마움을 전한다.

퍼스트레이디이기 전에 아티스트인 내게 미술계의 친구들 역시 소중하다. 에이프럴 나이먼과 줄리 매든은 나의 절친한 동료 예술가로 유미 케어스에도 도움을 많이 주었다. 이형규 교수, 수미타 김 선생님, 친구 김미영, 이미영, 워싱턴 한미 미술가 협회의 오래된 동료 아티스트들께도 - 나를 많이 도와준 차진호 언니, 백정화 씨에게도 - 이 자리를 빌려 고마움을 표현하고 싶다.

미술계의 친구이자 동료 중 하나인 아메리칸 대학 캇젠 아트 센터장 잭 라스무센은 이 책의 긴 추천사를 써 주었다. 감사의 말을 하고 싶다. 전 주미 한국 대사를 거쳐 현재는 북한 대학원 대학교 총장으로 계신 안호영 전 대사님, 이수혁 현 주미 한국 대사님, 몽고메리 칼리지의 명예교수이자 금속 공예 작가이신 김홍자 교수님, 한국의 MC이자 개그맨인 김미화 대표님도 추천사를 통해 이 책을 빛내 주셨다. 이 책이 나오는 데 도움을 많이 주시고 역시 추천서까지 써 주신 조지타운 대학교의 문범강 교수님께도 감사드린다.

오랫동안 열심히 추진해 왔고 곧 빛을 보게 될 코리아타운 프로젝트에 함께해 주신 프로젝트 위원회의 모든 이사분, 이를 이끄신 김상태 위원장님, 모든 일을 도맡아 해준 박수철 총무님, 프로젝트를 널리 알리는 데 일등으로 공을 세운 메릴랜드 로컬 한인 미디어 3사 분들의 은혜도 잊지 않고 있다.

주미 한국 대사관에서 근무하면서 한미 양국의 관계 발전과 참전 용사 예우에 힘써 주신 표세우 무관님께도 감사드린다. 내게 언제나 값진 조언과 도움을 주시는 박충기 판사님, 항상 많이 베풀어 주시는 손종락

사장님, 발 벗고 도와주기를 망설이지 않던 앤지 고……. 우리 한인 커뮤니티에는 내가 감사드리는 분, 앞으로 도와드려야 하고 또 빚을 갚아야 할 분들이 참으로 많다.

나의 대부, 대모이신 데이비드 황, 이명자 장로님 내외분은 내게 어머니, 아버지와도 같은 분들이다. 따뜻한 마음으로 언제나 나를 걱정하고 챙겨 주신다. 30년 세월 동안 변함없이 함께해온 위튼커뮤니티교회의 모든 교인분, 가족분들께도 감사드린다.

관저에서 일하는 스태프들, 셰프들, 늘 우리를 지켜 주는 메릴랜드주 경찰 소속 경호원들, 또한 1.5세, 2세 한인 스태프들도 나를 많이 도와주었다. 5년간 내 곁을 지킨 지니 공 전 보좌관과 홍은영 전 비서실장에게 참으로 고맙다. 특히 지니의 경우는 지니 어머니와도 각별한 사이로 지낼 수 있어 감사드린다. 지금 내 곁에 있는 구수경 현 비서실장과 보좌관 그레이스도 제 역할을 해주고 있어 고마운 마음이다.

마지막으로, 하늘에 계신 어머니를 생각해 본다. 내게 나눔과 사랑이 무엇인지 몸소 알려 주시고 실천으로 보여 주셨던 어머니. 어머니의 그 지극한 정성과 사랑 덕분에 어린 시절 보석 같은 추억들을 많이 쌓았고, 이를 자양분 삼아 오늘날까지 어떤 힘든 일이 있어도 포기하지 않고 살아올 수 있었다. 어머니가 주신 교훈 덕분에 힘든 삶 속에서도 주변 사람들을 돌아보며 함께 울고 웃고 가진 것을 나눌 수 있었고, 그것이 내 인생을 참되고 값지게 만들어 주었다.

이 책을 읽는 모든 독자분께 감사의 말씀을 전하며 글을 마무리하고자 한다. 나의 이야기를 통해 작게나마 희망과 용기를 얻어 앞으로 씩씩하게 걸어 나가기를 바란다.

메릴랜드에서 유미 호건

우리가 서로에게
선물이 된다면

사진으로 보는 이야기

우리가 서로에게 선물이 된다면

Intro _ 최초의 한인 퍼스트레이디

위_ 2014년 첫 선거를 치를 때 직접 발로 뛰어 선거 운동을 펼쳤다
가운데_ 주지사 선거 개표 방송
아래_ 주지사 당선 직후 나와 시아버지께 영광을 돌린 남편

위_ 주지사 당선 소감 발표 / 선서하는 모습
가운데_ 주지사 취임식 연설 / 주 청사로 들어서는 모습
아래_ 주지사 취임 축하 갈라 파티장으로 이동 중 / 갈라 파티장 무대에서 인사

위_ 나, 셋째 언니 그리고 줄리가 함께 김칫소를 넣는 모습
가운데_ 둘째 사위 벤과 절인 배추를 씻고 있는 모습
아래_ 완성된 김치

위_ 나의 가장 소중하고 사랑하는 세 딸
가운데_ 줄리 결혼식 때 관저 앞에서 모든 가족이 함께 / 남편 래리의 손을 잡고 입장하는 줄리
아래_ 막내 사위 태수 / 아버지와 딸의 댄싱

위_ 손주 캠과 대니엘라의 세례식
가운데_ 자신의 조카 캠을 안고 있는 큰딸 킴 / 제이미, 벤, 캠과 함께
아래_ 태수, 줄리, 에이다와 함께 / 대니엘라와 볼티모어 아쿠아리움에서

위_ 래리와의 결혼식
가운데_ 결혼식 날 래리와 세 딸
아래_ 한국 전통 혼례복을 입고 / 폐백 때 대추를 던져 주시는 시아버지

위_ 시아버지와 함께
아래_ 시댁 식구들

위_ 관저 내의 아트 스튜디오에서 작업하는 모습
가운데_ 작품 Junction of East and West 2
아래_ 작품 New Connection 3

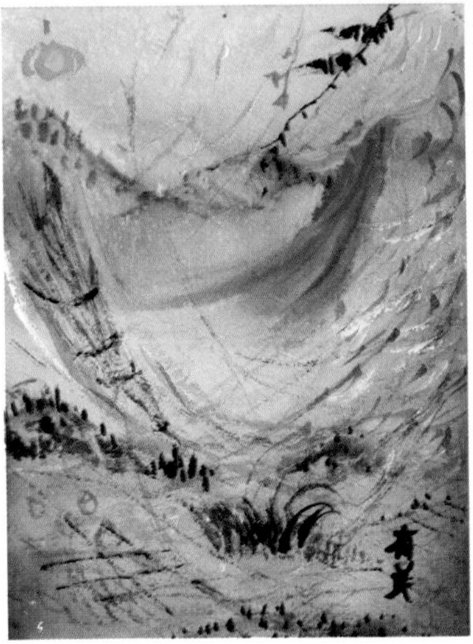

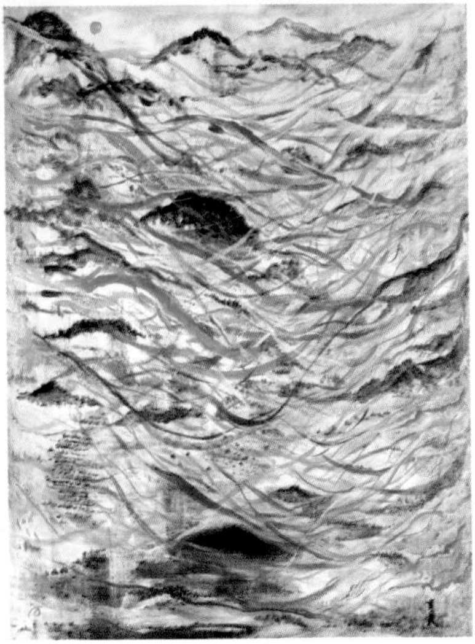

위_ 작품 A Quiet Memory 6
아래_ 작품 Nature of Melody IV / 작품 Nature of Symphony 5

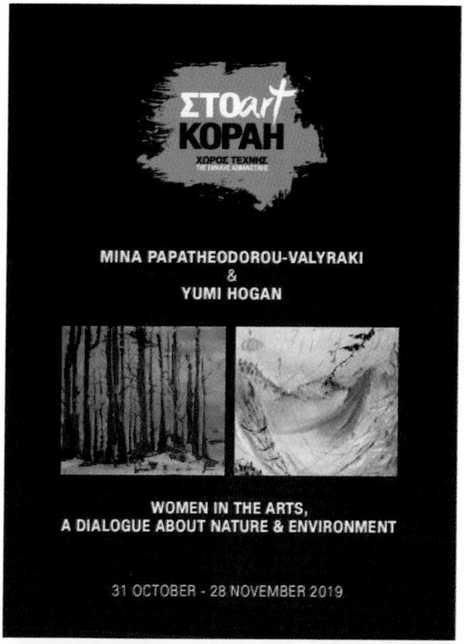

ΟΙ ΣΥΝΑΝΤΗΣΕΙΣ ΤΗΣ ΕΒΔΟΜΑΔΑΣ

ΕΓΚΑΙΝΙΑ ΕΚΘΕΣΗΣ

PHOTOS: STUDIO PANOULIS

위_ 아티스트 미나 발리라키스와 그리스에서 듀엣전을 열었다
아래_ 현지 언론에 실린 듀엣전 기사

위_ 퍼스트레이디 미술 경연 대회
가운데_ 장애우들을 위한 전시회
아래_ 볼티모어 워싱턴 국제공항(BWI) 갤러리

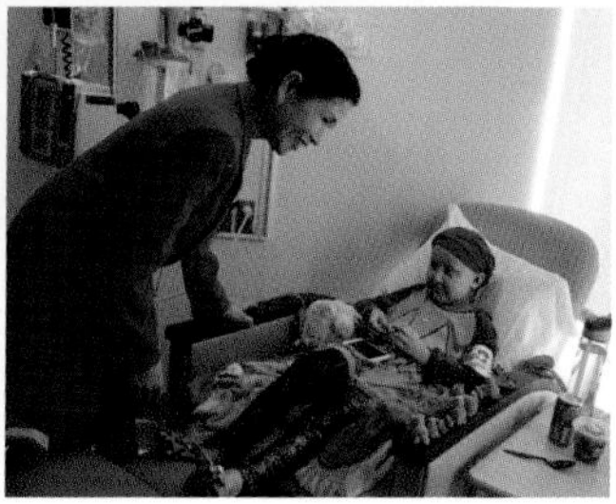

Yumi CARES

CHILDREN'S ART FOR RECOVERY, EMPOWERMENT AND STRENGTH

위_ 메릴랜드 대학 병원 소아 병동
가운데_ 암 투병 끝에 우리 곁을 떠났지만, 이 세상에 빛을 남기고 간 줄리아나를 처음 만난 날
아래_ 사이나이 병원 소아 병동 / 유미 케어스(Yumi C.A.R.E.S.) 로고

[남편의 주지사 당선 후 한국 방문]

위_ 한국 중소기업청과의 MOU / 경복궁 방문
가운데_ 주한 미국 대사 관저에서 존 우벤스미스 주 장관과 마크 리퍼트 당시 대사
당시 전남 도지사를 맡고 있던 이낙연 전 총리 부부
아래_ 윤병세 외교부 장관 내외 미팅 / 정의화 국회의장 미팅

위_ 한양 대학교에서 명예 박사 학위를 받은 남편
가운데/아래_ 한국에서 다시 만난 가족들

[남편의 주지사 당선 후 중국과 일본 순방]

위/가운데_ 당시 바우쿠스 주중 미국 대사 주최 만찬
아래_ 만리장성에서 남편과 함께 / 자금성에서 남편과 함께

위_ 당시 아베 총리와 남편
가운데_ 주일 미국 대사관에서 / 마그레브 시승 체험
아래_ 코지 키누타니 작가의 후지산 그림 / 코지 키누타니 작가

위_ 남편의 암 선고 발표 기자 회견
가운데_ 남편의 회복을 기원하며 거대한 옥수수밭에 새긴 호건 스트롱 모양의 미로 /
메릴랜드의 아이들이 보내준 쾌유 메시지
아래_ 암 완치 후 기자 회견 / 암 완치 후 현재(2021년) 건강한 모습

Governor's cookout kicks off event

위_ 나의 유튜브 요리 채널 《유미 쿡스!(Yumi Cooks!)》 한국 음식 레시피 중 갈비를 소개한 회차
가운데_ 메릴랜드 농수산 특산물 애용 촉진을 위해 매년 주최하는 '바이 로컬 쿡아웃 행사'에서 나는 부침개를 선보였다
아래_ 바이 로컬 쿡아웃에 관한 《더 캐피탈》 신문 기사

위_ 관저 내에 가꾼 텃밭
가운데/아래_ 스태프와 함께 김치 만들기

직접 새로 꾸민 관저 내의 빅토리안룸

[미 주류 언론에서 주목한 한국계 퍼스트레이디]

위_ 《볼티모어》 매거진 / 《아메리칸 대학》 잡지 메인 모델 / 《볼티모어 선》 1면 기사
가운데_ 《메릴랜드 우먼스》 저널 / 《룩킹 굿 아나폴리스》 표지 모델 / 《왓츠 업》 매거진
아래_ 메릴랜드 공영 방송과의 인터뷰 / 《팍스 5》 방송 출연

위_ 크리스마스를 맞아 주민들에게 관저 개방
가운데_ 직접 디자인한 관저 보존 재단 트리 장식
아래_ 관저 셰프들이 만든 크리스마스 쿠키 / 연말에 어려운 이웃을 돕는 활동을 《더 캐피탈》 신문이 보도

[따뜻한 손길이 필요한 사람들을 위해]

위_ 장애인을 위한 연맹
가운데1_ 메이크 스튜디오 방문 미술 수업 진행 / **가운데2_** 아나폴리스 웰니스 하우스 방문 미술 수업 진행
아래_ 보호가 필요한 여성과 아이들의 쉼터인 새라스 하우스

위_ 젊은 암 환자들이 함께 모여 지내는 '얼만 하우스'를 방문해 한국 음식을 나누었다
활달하고 호기심 많은 윌(좌) / 안타깝지만 이제는 우리 곁을 떠난 스펜서(우)

가운데_ 장애인 올림픽에서

아래_ '사우스 볼티모어 스테이션'에서 군 제대 후 노숙자가 된 이들을 위해 직접 불고기 샌드위치를 만들어 대접했다 / 히스패닉계 주민들과 소통하고 교류하는 모습

[한국 문화를 알리고 다른 커뮤니티와 화합하다]

위_ 남편의 음력설 선포 / 아태계 자문위원회
가운데_ 평창 올림픽 성공 기원 / 한국 문화에 관심이 많던 웬디 윈터스 기자
아래_ 메릴랜드 유태인 커뮤니티의 대부 격인 레니와 그의 부인 필리스와 함께

[아시안 차별에 맞서다]

CNN Opinion Political Op-Eds Social Commentary LIVE TV Edition

The first Korean American first lady in the US: We will not stand silent any more

Opinion by Yumi Hogan

Editor's Note: *Yumi Hogan is first lady of Maryland, and the first Korean American first lady in the United States. Mrs. Hogan is a first-generation Korean American, an accomplished artist, and an adjunct professor at Maryland Institute College of Art. The views expressed in this commentary are her own. View* **more opinion** *on CNN.*

(CNN) — Forty one years. That's how long I have lived in the United States since emigrating from South Korea to pursue the American dream.

Twenty years. That's how long I spent working multiple jobs, often 14 or 16 hours a day, to raise three daughters as a single mother, all so they could have access to the countless opportunities this country has to offer.

I grew up on a chicken farm in a small town in South Korea as the youngest of eight kids. I was born nine years after the Korean War broke out. Most Koreans were poor. My family worked hard, and I was taught to be sober and diligent -- to never get lazy. Leftover and broken eggs that couldn't be sold from the farm were

TAAF The Asian American Foundation

About TAAF Our Work Our Partners Events News AAPI Giving Challenge DONATE

JUMP TO: BOARD MEMBERS ADVISORY COUNCIL TAAF TEAM MEMBERS

Kenneth Hersh
President and CEO, The George W. Bush Presidential Center
Read Bio

Yumi Hogan
First Lady of the State of Maryland
Read Bio

Moushumi M. Khan
Attorney
Read Bio

Jim Yong Kim
Former President, The World Bank Group
Read Bio

Erika Lee
Regents Professor of History and Asian American Studies, University of Minnesota

The Badass 50

Yumi Hogan

Heartbroken by the spate of violent crimes targeting Asian Americans during the pandemic, Hogan, the Korean American first lady of Maryland, penned a powerful op-ed for CNN in the aftermath of the Atlanta spa shootings. "My generation has experienced discrimination; the next generations should not have to face this injustice," says Hogan, who showed solidarity by touring local Asian-owned businesses with her husband, Governor Larry Hogan. An artist and an adjunct professor at the Maryland Institute College of Art, Hogan is also the founder of Yumi C.A.R.E.S., which supports youth at the University of Maryland Children's Hospital through art therapy.

After a full-stop year, life is slowly returning to normal. But the women on this list never put their passions on pause. They've championed vital causes and strived to realize their visions for the world amid the most challenging times. And we're all better for it.

위_ 남편이 CNN과 인터뷰하며 트위터를 통해 공개한 가족 사진을 통해 미국의 진정한 가치를 보여 준다는 찬사를 받았다 / 엘리콧 시티를 방문해 아시아계 자영업자들이 직면한 두려움에 대해 들었다 한국 방송국에서도 많은 관심을 보였다

가운데_ 엘리콧 시티 기자 회견 당시 스피치 하는 모습 / CNN 기고문 '미 최초의 한인 퍼스트레이디가 말하다 : 더 이상 침묵하지 않을 것입니다'

아래_ 아시안 혐오 범죄 근절을 위한 워크 그룹 발표 기자 회견 / 아시안 아메리칸 재단에 자문위원으로 함께하고 있다 / 그간 공로를 인정 받아 《인스타일》 매거진 2021 최고의 여성 50인에 선정되었다

[메릴랜드에 한국을 심다]

위_ 태권도의 날

가운데_ 주지사배 태권도 대회 관계자들, 참가자들과 함께 /
개막식 겨루기 시범 경기에서 코치를 맡은 남편

아래_ UMB 페스티벌에서 한국 사물놀이를 소개했다 / 미주 한인의 날에 안호영 대사님 내외와 함께

[대한민국의 딸, 참전 용사를 기리다]

위_ 안호영, 당시 주미 대한민국 대사님과 함께 / 2021년 한국전 추모의 벽 기공식에서 문재인 대통령과 함께

가운데1_ 이수혁 대사님과 표세우 무관을 비롯한 대사관 무관부 관계자들과 함께 /
2020년 당시 보훈처 장관 로버트 윌키

가운데2_ 참전 용사의 날 / 메릴랜드 한국전 참전 용사들을 위해 개최한 웰컴 홈 리셉션

아래_ 한국전 참전 용사들과 가족들을 위한 사은 오찬 행사 후 기념 촬영, 한국전 참전용사협회 앤티텀 312지부 /
추모의 벽 명예 홍보 대사로 위촉받는 위촉식에서 윌리엄 웨버 대령과 함께

[한국으로부터 온 아이들을 위해]

위_ 입양인들을 위한 행사 / 김동기 현 유네스코 대사님과 함께
가운데1_ 린우드센터의 '현수의 나비' 청동 조각상 / 다니엘학교의 '현수의 나비' 청동 조각상
가운데2_ '현수의 나비' 조각상을 만들어 주신 김원숙, 토머스 클레멘트 부부 / '현수의 나비' 앞에서
아래_ 린우드센터에 '현수의 나비' 동상을 세울 수 있게 도와주신 이슬러 여사

[메릴랜드와 한국을 잇다]

위_ 코리안타운준비위원회 발족식 기자 회견
가운데_ 캘빈 볼 하워드 카운티 군수와 조형물 세울 장소 방문 /
한국 전통 기와 장식을 한 코리아타운 조형물 완성 조감도
아래_ 박병호, 김현수 선수와 함께 / 김현수 선수와 함께

위_ 워싱턴 재외 동포 간담회에서 태권도 명예 9단 유단자로 송판을 격파하는 자세를 선보인 남편 / 재외 동포 간담회에서 문재인 대통령 내외와 함께 / 김정숙 여사님과 청와대에서 재회
가운데/아래_ 한국 천연 염색 기술을 들여 왔다 - 재배부터 염색까지 메릴랜드에서 모두 가능해졌다

위_ 관저 안 퍼스트레이디들의 초상화가 걸려 있는 곳의 오른쪽 아래 빈 곳이 내 초상화가 걸릴 자리다
가운데_ 관저 앞뜰의 무궁화 / 관저 정원에활짝 핀 무궁화 / 관저 정원에 활짝 핀 동백꽃
아래_ 관저 안의 김치냉장고

[재선에 성공한 남편]

위_ 두 번째 취임식 전 아침 기도. 보이드 러더포드 부주지사 내외와 함께 / 아침 기도를 이끈 예나 황 목사
가운데1_ 메리 엘렌 바바라 판사 앞에서 재선 취임 선서 / 취임 연설
가운데2_ 대니엘라의 국기에 대한 맹세 / 전 플로리다 주지사 젭 부시 연설
아래_ 재선 축하 갈라 파티 / 갈라 파티에서 '초당적 주정 운영'을 상징하는 보라색 서핑보드를 들고 있는 남편

[전미주지사협회(NGA) 활동]

위_ 남호주 프리미어(행정 수반) / 남호주 주지사님 부부
가운데1_ 호주 박물관 / 전국의 퍼스트레이디들에게 유미 케어스 소개
아래_ 2020년 전미주지사협회 동계 콘퍼런스 기간 동안 전국의 주지사들이 최초로 주미 대한민국 대사 관저에서 열린 리셉션에 참석하고 한국과 소통과 교류의 장을 마련했다 / 이수혁 대사님 부부와 리셉션에서

위_ NIH 어린이 암 센터에서 아이들을 만나는 모습
아래_ NIH 어린이 암 센터에서 전국의 퍼스트레이디들이 만든 희망의 메시지를 담은 작품 전달

[팬데믹의 시작, 대한민국의 딸로서 진단 키트를 들여오다]

위_ 진단 키트를 실은 비행기가 들어오던 때 볼티모어 워싱턴 국제공항(BWI)에서 현장을 도와준 대한항공 직원들

아래_ 뒤에 진단 키트를 내리는 모습 / 기자 회견 당시

에필로그 _ 사랑하는 내 가족

위_ 에이다 백일에 세 딸 가족들과 함께
가운데_ 제이미네 딸 노라와 줄리네 딸 에이다의 합동 돌잔칫날
아래_ 2020년 추수감사절에는 화상 통화로 서로 안부를 전했다

우리가 서로에게
선물이 된다면

우리가 서로에게
선물이 된다면